ADÈLE SOUCHIER

L'OISEAU BLESSÉ

POÉSIES

PARIS

BLOUD ET BARRAL, LIBRAIRES

18, RUE CASSETTE, 18

1878

ADÈLE SOUCHIER

—⊷—

L'OISEAU BLESSÉ

CELA CONSOLE-T-IL?

———

Oiseau, ton sort mélancolique
　　Te fait chanter ;
Je me tais devant ton cantique,
　　Pour l'écouter.

O mon pauvret ! ta prison même
　　A des accents ;
Tu sais y trouver plus d'un thème
　　D'airs ravissants.

Rêves-tu des bois, dans ta cage,
　　De ton berceau,
D'un adorable paysage
　　Au bord de l'eau ?

Rêves-tu de ton aile errante
　　A travers champs
Et des vents que leur voix mourante
　　Rendait touchants ?

1

Revois-tu les épaisses gerbes,
Les blés dorés,
Tes grands sauts dans les grandes herbes
Des jolis prés ?

Revois-tu la blonde lumière
De ces hauts lieux
Où l'aigle, de son nid de pierre,
Montait aux cieux ?

Sens-tu frissonner les haleines
Qui te plaisaient,
Lorsqu'elles caressaient les plaines
Et te baisaient ?

Vois-tu les horizons sauvages
Chers aux oiseaux ?
Entends-tu gronder les orages
Dans les roseaux ?

Crois-tu boire à de belles sources,
Gentil baigneur,
Quand tu revenais de tes courses,
Frais gazouilleur ?

Fais-tu la chasse aux libellules
    Dans les fraisiers ?
Courtises-tu les campanules
    Près des rosiers ?

Chantes-tu, dans ton ardeur sainte,
    Pour t'étourdir ?
Ah ! ton doux hymne est une plainte ;
    Tu dois souffrir !...

Est-ce pour cacher ta blessure,
    Ton fier secret,
Que tu lances ta voix si pure,
    Petit discret ?

On te nomme brillant artiste
    En gai savoir ;
Dis-moi si ton âme résiste
    A l'encensoir ?

Dis si la gloire te console
    De ton malheur ?...
— Non ! j'aime mieux une parole
    Venant du cœur !

HYMNE DAUPHINOIS

—

Nous étions montagnards, nous le sommes toujours !
Nos Alpes sont les fleurs des plus belles montagnes,
Où les aigles ont fait le nid de leurs amours,
Et le regard du ciel vient baiser nos campagnes ;
Nous étions montagnards, nous le sommes toujours !

L'Ange du Dauphiné sur l'horizon immense
Sème l'or radieux de ses cheveux ambrés,
S'enivrant de l'aspect de ces monts admirés,
Il dit que ma province est un joyau de France !
C'est sa couronne agreste en ses diamants verts.
Même venant du ciel l'Ange sait lui sourire ;
Et tout Ange est poète, il chante sur sa lyre
Les longs soupirs que font ces vrais rois des hivers,
Les cèdres, les sapins et les charmants mélèzes,
Et ces grands peupliers si sveltes et si droits,
Semblant chercher l'éther en proclamant leurs droits,
Quand l'air bleu les caresse aussi bien que les fraises.

Nous étions montagnards, nous le sommes toujours !
Nos Alpes sont les fleurs des plus belles montagnes,
Où les aigles ont fait le nid de leurs amours,
Et le regard du ciel vient baiser nos campagnes ;
Nous étions montagnards, nous le sommes toujours !

Oui, ce bel Ange blond aime aussi nos vallées ;
L'azur de ses yeux fiers se repose à ravir
Sur cette mosaïque incrustée à plaisir
De ces gentils trésors, de ces fleurs étoilées
Que la nature donne à notre si doux sol,
Et que foule le pâtre avec son entourage,
Sa suite de brebis cherchant le pâturage,
Lorsque, au soleil levant, chante le rossignol,
Lorsque, dans le taillis, notre chère fauvette
Perle son hymne aimable et qui n'a qu'un seul nom,
Un seul : celui d'amour, et l'amour pour renom ;
Dieu sait si la mignonne est tendrement coquette !

Nous étions montagnards, nous le sommes toujours !
Nos Alpes sont les fleurs des plus belles montagnes,
Où les aigles ont fait le nid de leurs amours,
Et le regard du ciel vient baiser nos campagnes ;
Nous étions montagnards, nous le sommes toujours !

Ah ! l'air suave et doux imprégné de résine
Que l'on savoure aux bois de ce beau Dauphiné,
Ou bien sur les hauteurs où cet air pur est né,
Comme un parfum exquis, une essence divine,
On peut le regretter quand on l'a bu souvent !
Souffles de nos forêts, aromes de nos plaines,
En Grèce a-t-on senti plus charmantes haleines
Passer et repasser sous les baisers du vent ?
Non ! non ! les pays chauds ont la vive lumière
Aveuglant le regard de sa puissante ardeur ;
Mais ils n'ont point notre air à la si fraîche odeur,
Qui rend plus embaumée une province entière.

Nous étions montagnards, nous le sommes toujours !
Nos Alpes sont les fleurs des plus belles montagnes,
Où les aigles ont fait le nid de leurs amours,
Et le regard du ciel vient baiser nos campagnes ;
Nous étions montagnards, nous le sommes toujours !

Quelle séve au désert de la Grande-Chartreuse,
Parmi tous les géants de verdure étalés
Sur les flancs de ces rocs qui seraient désolés
Sans leur parure épaisse ; ici le torrent creuse

Le précipice étrange et se plaint en courant :
La majesté sauvage a laissé son empreinte,
Partout, dans ce palais végétal où la crainte
Disparaît toutefois devant l'aspect si grand
De cette œuvre d'un Dieu, d'un auguste génie ;
J'aime ton souvenir, merveilleuse forêt !
J'aime ton sceau viril, j'adore le secret
Que nous fait deviner ta superbe harmonie !

Nous étions montagnards, nous le sommes toujours !
Nos Alpes sont les fleurs des plus belles montagnes,
Où les aigles ont fait le nid de leurs amours,
Et le regard du ciel vient baiser nos campagnes ;
Nous étions montagnards, nous le sommes toujours !

Pour se faire chérir, notre douce patrie
A le sol préféré des poètes rêveurs,
Les sommets et l'espace aux royales lueurs,
Recherchés de l'artiste avec idolâtrie !
Et pour l'historien que de noms à citer,
Que de fiers souvenirs et de hauts faits sublimes !
Plus grands par leur beauté que nos plus grandes cimes,
Ils rendent orgueilleux, et l'on doit les chanter !

Que l'amour du pays nous enflamme, nous presse !
Le saint enthousiasme est le meilleur essor ;
Car l'amour, c'est l'élan, c'est le vif rayon d'or !
Culte de la patrie, apporte ton ivresse !

Nous étions montagnards, nous le sommes toujours !
Nos Alpes sont les fleurs des plus belles montagnes,
Où les aigles ont fait le nid de leurs amours,
Et le regard du ciel vient baiser nos campagnes ;
Nous étions montagnards, nous le sommes toujours !

Le passé brille encore ; mais que l'heure présente
Reçoive nos saluts pour les nombreux travaux
Des Dauphinois unis comme nobles rivaux,
Qui, dans le champ des arts, savent dresser leur tente,
Hébert et Ravanat, Fontaine, Achard, d'Apvril,
Ont des pinceaux choisis, des palettes magiques,
D'autres ont des écrits profonds, scientifiques,
Plus d'un *commet* des vers frais comme un jour d'avril.
O savants, qui fouillez les archives poudreuses,
Lacroix, Gariel, Pilot, Allmer et de Gallier,
De Pisançon, Albert, Raverat et Vallier,
Le pays met vos noms dans ses pages heureuses !

Nous étions montagnards, nous le sommes toujours !
Nos Alpes sont les fleurs des plus belles montagnes,
Où les aigles ont fait le nid de leurs amours,
Et le regard du ciel vient baiser nos campagnes ;
Nous étions montagnards, nous le sommes toujours !

Nous le sommes toujours ; fidèles à la race
Des vaillants Dauphinois qui savaient résister,
On nous verrait aussi combattre et tout tenter
Pour chasser des intrus sans jamais faire grâce !
Le chevalier Bayard revit toujours en nous;
C'est lui qui baptisa l'âme de sa province ;
Il règne, le héros, il est chef, il est prince,
De sa valeur loyale on est encor jaloux.
Aussi, notre pays adore sa mémoire,
Rien ne peut effacer ce grand nom de soldat,
Et quel que soit jamais un homme de combat,
Il n'amoindrira pas l'éclat de cette gloire !

Nous étions montagnards, nous le sommes toujours !
Nos Alpes sont les fleurs des plus belles montagnes,
Où les aigles ont fait le nid de leurs amours,
Et le regard du ciel vient baiser nos campagnes ;
Nous étions montagnards, nous le sommes toujours !

A JOSÉPHIN SOULARY

UNE MAISONNETTE EN BUGEY

Ah ! je la vois, cette chaumière
Que le soleil, de sa lumière,
Dore comme un vrai paradis !
Et quel est le nom de son maître ?
O gloire ! tu le fais connaître,
Ce beau nom, tu nous le redis ?

Pour rêver, quel charmant asile !
Mais nous voulons qu'on ne s'exile
Que deux fois par an... c'est assez !
Quelques jours de chasse ou de pêche,
Lyon jamais ne les empêche...
Pourvu qu'ils soient vite passés.

Lyon veut garder son poète,
Sa noble et bienveillante tête,
Son orgueil, son suprême amour,

Sa lyre coquette et française,
Son doux rêveur, rêvant à l'aise,
Après le fier labeur du jour.

Qu'importe tout l'attrait d'un chaume?
Quand on est roi, dans son royaume
Il faut rester bon gré, mal gré.
Souverain, tu cherches l'espace,
Mais aussi, c'est haut que se place
Ta *montagne* au site adoré!

Oui, le Rhône se plaint lui-même,
Lorsque le poète qu'il aime,
Ingrat, voudrait le déserter!...
Le Rhône, à sa manière, pleure,
En passant devant la demeure
Du Barde qui sait l'enchanter.

Ainsi, rocher, ruisseau, chaumine,
Perspective à riante mine,
Qu'en Bugey l'on va courtiser,
Vous n'aurez qu'un rang secondaire;
Lyon, avant tout, est la mère,
Que Paris pourrait jalouser!

Chaumine, si j'étais fleurette,
Muguet des bois ou violette,
Je voudrais vivre à ton entour,
Te donnant mon parfum agreste,
Et si j'étais rayon céleste,
Je te baiserais tout le jour.

Chaumine, si j'étais fauvette,
Ou quelque gentille alouette,
Sur ton toit je voltigerais ;
Quand viendrait celui qu'on devine,
Prenant ma voix la plus divine,
Avec bonheur je chanterais !

Ah ! je la vois, cette chaumière
Que le soleil, de sa lumière,
Dore comme un vrai paradis !
Et quel est le nom de son maître ?
O gloire ! tu le fais connaître,
Ce beau nom, tu nous le redis !

LA JEUNE FILLE AU PUITS

D'APRÈS LE TABLEAU DE NOTRE PEINTRE DAUPHINOIS, HÉBERT

———

I

Près du puits ombragé par la vigne sauvage,
Et dont le noir rebord s'orne d'un lis si beau,
Un jeune homme aux grands yeux, à l'étrange visage,
Aux cheveux en désordre, à l'énergique sceau,
Déclare son amour à la Napolitaine,
Jeune, brune, charmante, avec son voile blanc,
Avenante, mutine, amoureuse, hautaine,
Enigme que l'on cherche en l'œil ét .elant.

— Daignes-tu m'écouter, toi qui m'as pris mon âme !
Je ne suis qu'un pêcheur, mais je descends des rois ;
Je te conterai tout, quand tu seras ma femme...
Parle donc ! j'ai toujours raffolé de ta voix,
De ton accent bien propre à bercer ma pensée,
A m'enivrer, ainsi que ton parfum, ô fleur !

2

Qu'attends-tu pour te dire enfin ma fiancée ?

Ton silence ne peut que m'être une douleur !

Ah ! Térésa ! sais-tu que dès longtemps je souffre !

Si je n'étais poëte, enfant, j'en serais mort !

Je me serais jeté dans ce puits, sombre gouffre,

Tes beaux yeux n'auraient point pleuré mon triste sort !

Vois, je suis maigre et pâle ! Oh ! regarde, inhumaine !

Pourrais-tu désormais me cacher ta pitié ?...

Mais aussi je suis fier, si je te dis ma peine,

C'est que je souffre trop de ton inimitié !...

— Insensé ! qu'as-tu dit ?

                 — Ah ! ce que je redoute !

Il me faudra partir sans avoir ton aveu...

Oui, je veux m'exiler, quelle que soit la route,

Quel que soit le pays, je le dis devant Dieu !

J'irai mourir au loin, en te nommant encore,

Toi, l'objet d'un vrai culte et d'un ardent amour !

Tu ne répondras pas à celui qui t'adore,

Et tu l'immoleras jusqu'à son dernier jour !

A quelque autre tu vas donner ta main chérie,

Tes regards, tes baisers, ton sourire et ta foi !...

Que me restera-t-il ? hélas !... ma rêverie,

Mon travail et la mort !... Va, c'est assez ! Mais toi,

Ingrate, tu seras pour un riche, peut-être ?
Giuseppe n'a plus rien que ses bras et son cœur...
Signora, vous aurez un blond milord pour maître,
Vous oublierez bientôt votre pauvre pêcheur !...
Vous serez grande dame en vos atours de moire,
Car vous délaisserez ce costume charmant ;
Il vous sied à ravir ! si vous vouliez me croire,
Vous le conserveriez, brune fille, en l'aimant.

Je te parle comme poète ;
Tous les brillants manteaux de fête
Que l'on voit souvent à la cour
N'ont point ce cachet pittoresque,
Oriental, même moresque,
Qu'ont tes vêtements, mon amour !

Tes cheveux noirs, sous ta coiffure,
Deviennent plus noire parure ;
Ton œil profond s'agrandit mieux ;
Ta beauté me semble plus fière ;
Elle est même un peu trop entière,
Et l'orgueil se lit dans tes yeux.

Ah ! ces regards de souveraine
M'ont rendu captif, ô ma reine !

Ils m'ont fait vassal pour toujours !
Mais à ma douce idolâtrie
Tu n'offres que la moquerie
Ou le dédain de tous les jours !...

— Blasphémateur, arrête !... aide-moi, mon seau glisse,
Tire la corde enfin ; ma mère attend de l'eau.
Giuseppe, il est bien temps que je t'en avertisse...
Mais tu pleures, ami !... toi, courageux et beau !...
Toi qui ne devrais pas avoir cette faiblesse ?...
— Lord Edward est aimé ?...

                                    — J'ai su le refuser !...
O pêcheur, j'ai gardé pour toi seul ma tendresse,
Carissimo ! voici mon cœur dans un baiser !

II

La mer berçait ses flots avec sa voix charmante;
Un jeune couple heureux cheminait sur ses bords :
Deux époux de la veille, un amant, une amante,
Giuseppe et Térésa, narguant tous les *milords*.
L'hymne de l'amour pur se chantait dans leurs âmes,
Ils en étaient encore à ses plus doux couplets,
Et le soleil couchant, de ses royales flammes,
Leur jetait tendrement de souriants reflets.

Comme ils trouvaient belle la plage!
C'était hier leur mariage,
Là, le cortége avait passé;
Puis, sur le sable d'or qui brille,
Tous les membres de leur famille
Avaient joyeusement dansé.

Des nacelles enjolivées,
Et telles qu'on les a rêvées,
Les avaient conduits sur la mer,
Sur la mer quelquefois méchante,
Mais qui, pour eux, s'apaise et chante,
Oubliant son caprice amer.

Aujourd'hui, c'est la fête intime,
Seuls, devant cette onde sublime,
Devant ce ciel d'un bel azur,
Ils se disent si bien : Je t'aime,
Que, jaloux d'un bonheur suprême,
L'oiseau doit se taire, à coup sûr.

Mais des orangers les caresses
Passent dans leurs chastes ivresses,
Dans leurs longs baisers d'amoureux,

Il leur semble que Parthénope.
Sous la beauté qui l'enveloppe,
Ne brille, en ce jour, que pour eux.

. . . .

Bientôt, dans la cabane on rentre... le ménage
Commencera demain... Giuseppe le pêcheur
Reprendra ses filets avec plus de courage,
Chantant mieux que jamais dans sa nouvelle ardeur.
Non, il ne cherche plus s'il sort de telle race ;
Qu'importe ? il est heureux, il est toujours amant,
Toujours fier et poète ! Oh! son bonheur efface
Des *lords* les mieux huppés l'altier rayonnement.

A LA VALLÉE DE GRAISIVAUDAN

Radieuse vallée où la grandeur respire,
            Où l'on sent l'amour du pays,
            Sache au moins combien je t'admire,
            Reçois les accents de ma lyre
Et l'hommage empressé de mes regards ravis !

A ta fraîcheur suave, à ta riche verdure,
Tu joins les monts altiers qui vont baiser le ciel ;
L'Isère avec ses flots argente ta parure ;
Ton souffle, plein d'encens, est plus doux que le miel.
Le touriste est ému, tout artiste s'arrête
Devant ton charme agreste et ta pure beauté.
Oh ! tu souris surtout à mon cœur de poète,
Tu réveilles en moi la plus noble fierté !

Radieuse vallée où la grandeur respire,
            Où l'on sent l'amour du pays,
            Sache au moins combien je t'admire,

Reçois les accents de ma lyre
Et l'hommage empressé de mes regards ravis !

Ce matin, accoudée à ma fenêtre antique,
A ce vrai belvéder, je vois se dérouler,
Dans toute sa splendeur chaste et mélancolique,
Ta robe de velours que le ciel sait perler,
Y semant la rosée, et ces mille fleurettes,
Et ces tons si divers qui réjouissent l'œil,
Que ne possèdent point d'opulentes palettes,
Et qui méritent bien de flatter ton orgueil.

Radieuse vallée où la grandeur respire,
    Où l'on sent l'amour du pays,
    Sache au moins combien je t'admire,
    Reçois les accents de ma lyre
Et l'hommage empressé de mes regards ravis !

O Suisse dauphinoise ! ô terre enchanteresse !
J'aime tes gracieux côteaux si verdoyants,
Surtout quand le soleil, en se couchant, caresse
Tes contours, tes sommets, et les rend rayonnants ;
Tandis que des rochers se décorent de neige,
Pour former un contraste avec les frais vallons,

Et que l'on voit au loin le toit que Dieu protége,
Le chaume qui, l'hiver, se rit des aquilons.

Radieuse vallée où la grandeur respire,
    Où l'on sent l'amour du pays,
    Sache au moins combien je t'admire,
    Reçois les accents de ma lyre
Et l'hommage empressé de mes regards ravis !

Ruisdael, ton génie eût aimé ces merveilles;
Mon royal Dauphiné demandait ton pinceau ;
Comme les belles fleurs attirent les abeilles,
Un site éblouissant réclame un fier tableau.
Qui le reproduirait dans sa beauté suprême,
Ce chef-d'œuvre de Dieu que sa main vient dorer ?
Je voudrais le chanter aussi bien que je l'aime;
Mais mon luth féminin ne sait que l'adorer !

Radieuse vallée où la grandeur respire,
    Où l'on sent l'amour du pays,
    Sache au moins combien je t'admire,
    Reçois les accents de ma lyre
Et l'hommage empressé de mes regards ravis !

Les Alpes! écoutez cette voix qui murmure...
Elle dit de beaux noms : Lesdiguières, Bayard,
Barnaye! et la vallée a pris sa fière allure,
Et l'écho dit aussi le nom de Monteynard ;
Le château de Tencin brille dans ces parages ;
Celui de Du Terrail se montre aux voyageurs,
Pour parler de la gloire! et malgré nos orages,
Nos annales ont droit de relever les cœurs !

Radieuse vallée où la grandeur respire,
 Où l'on sent l'amour du pays,
 Sache au moins combien je t'admire,
 Reçois les accents de ma lyre
Et l'hommage empressé de mes regards ravis!

Pourquoi ne suis-je pas bergère en tes montagnes ?
Je boirais tes parfums dans l'extase, et mes chants
Retentiraient, joyeux, saluant tes campagnes,
Et je m'enivrerais de l'aspect de tes champs !...
Comme on doit bien rêver sous ces riants ombrages,
Comme en une chaumine on voudrait se cacher!...
Vous avez un aimant, ravissants paysages,
En vous quittant, le cœur semble encor vous chercher!

Radieuse vallée où la grandeur respire,

    Où l'on sent l'amour du pays,

    Sache au moins combien je t'admire,

    Reçois les accents de ma lyre

Et l'hommage empressé de mes regards ravis!

L'AMANTE DU RHONE

—

A mes honorables collègues de la Société littéraire de Lyon

O Lyon! ô ville que j'aime,
Toi, la cité de Soulary,
Les muses t'ont toujours souri,
Et tu portes un diadème
Tout fait de grandeur et d'amour!
Tu trônes sur l'onde bleuâtre;
Notre beau Rhône t'idolâtre,
En te caressant chaque jour.

Second diamant de la France,
Diamant de la plus belle eau,
D'un éclat à jamais nouveau,
Laisse renaître l'espérance,
Te dotant d'un riche avenir;
Sur ton noble lion assise,
Va, le courage t'électrise;
Rêve au passé, fier souvenir!

Mais, dans le présent, tu travailles,
O reine, de tes belles mains,
En semant l'or sur tes chemins,
De même qu'au jour des fiançailles,
Et de ton manteau de velours,
De ta longue robe de moire,
Tombent, pour ta plus douce gloire,
Les plus charitables secours.

Tous les tissus, orgueil des fées,
Miroitent, reflets de satin,
Comme des rayons du matin,
Te faisant d'opulents trophées.
Avec ta splendide beauté,
Es-tu ravissante, ô déesse !
Dans ta parure enchanteresse,
Tu plais à ton sol si vanté !

D'éblouissantes perspectives,
Des paysages gracieux,
S'épanouissent sous tes yeux,
Non loin des plus charmantes rives ;
Tu reçois les baisers de sœur
De la Saône bleue en liesse,

Qui te les donne avec ivresse,
Pleins de parfums et de douceur.

Et devant d'aussi frais sourires,
Quels rossignols ne chanteraient,
Quelles fauvettes n'aimeraient
A faire résonner leurs lyres ?
Lyon, tu dois à Soulary
Tous les plus ravissants poèmes,
De beaux sonnets sur tous les thèmes,
Luth brillant, sonore, attendri.

Une pléiade de poètes,
Et de peintres et de sculpteurs,
Te couronne de tant de fleurs,
En te donnant de belles fêtes :
Berjon, Saint-Jean, Maisiat, Lays,
De leurs blonds trésors t'ont parée,
Ainsi qu'une heureuse adorée,
Sous de riants myosotis.

Les roses pleuvent sur ta route,
Roses mousseuses, roses-thé,
Doux symbole de ta beauté,
Langage que ton cœur écoute.

Lyon, du Rhône radieux
N'es-tu pas la royale amante ?
Ne te trouve-t-il pas charmante ?
N'as-tu pas ton rang sous les cieux ?

Je suis heureuse de te dire
Combien j'aime ton souvenir !
Pour t'admirer et te bénir,
J ai fait vibrer ma douce lyre ;
Aussi mon nom est adopté
Parmi tes noms, ô noble ville ;
A l'alouette on donne asile
Dans ta docte société.

Là, fleurit plus d'une science,
Plus d'un intelligent labeur,
Chacun apporte avec ardeur
Le produit de sa patience,
De son travail ingénieux,
De ses remarques historiques ;
Les travaux archéologiques
Sont faits avec un soin pieux.

Là, plus d'un raconte, en touriste,
Ses lointaines excursions

Et dépeint ses impressions,
Ainsi qu'un véritable artiste.
Lettres, poésie et savoir
Ont ici leur demeure sainte;
Ils retrouvent, dans cette enceinte,
Le culte qu'ils doivent avoir.

— Lyon, ta gloire est magnifique,
Dit le beau Rhône à tes genoux,
De cet accent grave et si doux
Qu'il module dans son cantique.
Entends ton superbe amoureux,
Il est digne de toi, sultane,
Sur le front de laquelle plane
L'auréole aux tons généreux!

LA ROSE VERTE

—

Elle est trouvée enfin ! ô miracle, ô prodige !
Vraiment on peut la voir sur sa mesquine tige,
    Et je la possède en ce lieu !
La rose verte, hélas ! est une fleur des hommes,
Quels pauvres créateurs, en fait de fleurs, nous sommes,
    Laissons ce doux art au bon Dieu.

Eh ! peut-on bien donner le nom charmant de rose
A ce je ne sais quoi, vulgaire et laide chose ?
    Mais quel serait donc l'amoureux
Qui voudrait se parer de cette fleur chétive,
Pour l'offrir à sa belle, adorable et naïve ?
    Ce serait un don malheureux !

O toi, rose d'azur, que l'on a tant rêvée,
Reste donc, je t'en prie, ah ! reste inachevée
    Dans la main des horticulteurs,
Si tu dois ressembler, pour le manque de grâce,
A cette jeune horreur étalée à ta place,
    Sous le feu des regards moqueurs.

Puis, gardez vos grands mots, ô pédants botanistes,
Qui voulez, à tout prix, singer les latinistes,
    En affublant de noms pompeux,
Mais barbares et durs, mais longs et ridicules,
Ces chefs-d'œuvre légers, amours des libellules,
    Que vous feriez paraître affreux !

La fauvette ne voit, dans la rose églantine,
Qu'un bijou, qu'un trésor, et rit, toute mutine,
    De la science à l'œil frondeur ;
C'est si doux d'ignorer, de n'être que poète,
Ou, si vous voulez mieux, de demeurer fauvette,
    Et bien loin d'un monde boudeur,

De chanter et d'aimer, d'avoir au fond de l'âme,
Assez de feu divin, assez de vive flamme,
    Pour se faire un charmant foyer,
Un asile où l'on garde encor la souvenance
Des odorantes fleurs promises à l'enfance,
    Que l'on ne saurait oublier.

Mais qu'elle passe donc, sans déplorer sa perte,
L'horrible étrangeté qu'on nomme : rose verte,
    Cette rose indigne du jour,

Ce produit monstrueux d'une sotte chimère
Offensant la nature, une immortelle mère
    Qui créa les roses d'amour !

J'en appelle à ces cœurs épris de poésie,
Dont les rêves ont vu les roses de l'Asie,
    Ces douces roses d'Orient,
Ou bien celles du sol aimé de notre France :
Ne faut-il pas gémir, pleins de désespérance ?
    Mais non ; vengeons-nous en riant.

Rions avec mépris de leur idiotisme,
Leur faisant inventer plus d'un vil barbarisme,
    Les dotant de stupides fleurs,
Raides, sans nul encens, froides et compassées,
N'ayant rien pour charmer nos regards, nos pensées,
    Dans leurs formes et leurs couleurs.

Non, l'oiseau ne veut pas, car c'est l'amant des roses,
L'oiseau ne veut pas voir de telles fleurs écloses,
    Pour faire honte à ses chansons ;
Il faut au rossignol sa ravissante amie,
Vermeille, au doux parfum, sous la brise endormie,
    Rêvant à de célestes sons !

LA MUSE

—

Vous voulez le portrait d'une muse charmante,
Mais, créé par ma plume et non par mon pinceau,
Le type ravissant d'une idéale amante ?
Eh bien ! voyez l'éclat de son regard si beau !
Ce pur rayonnement jaillit d'un azur sombre,
De ce bleu velouté qui devient presque noir,
Contraste poétique et suave ! c'est l'ombre,
La seule ombre, il est vrai, que notre œil puisse voir
Sur le visage ovale, éthéré, d'une blonde,
D'une blonde expressive, aux attraits séduisants,
Dont les grands cheveux d'or ont des flots comme l'onde,
Dont les charmes lui font d'immortels partisans.

Beau front que le génie habite et qu'on admire,
Brillant tel que l'aurore, inspiré chaque jour ;
Bouche pensive et fière, avec un doux sourire,
Où la rose a posé sa nuance d'amour ;
Galbe noble, onduleux et royale prestance ;
Blancheur de neige où rit la fleur de nos buissons ;

Teint plein de morbidesse avec sa transparence ;
Voix d'ange résonnant en d'ineffables sons.
Et puis le sentiment ennoblit ce visage ; .
L'âme, l'élan, l'essor et le beau feu sacré
Eclatent ; car c'est là sa véritable image :
C'est la Muse ! la Muse ! un doux être adoré !

Chère consolatrice, embellis ma chambrette ;
Ma demeure est à toi, mon réduit est ton bien ;
Nous y vivons à deux, et tu me fais poète,
Blonde patronne aimée, harmonieux gardien !
Un seul baiser de toi, ma radieuse fée,
Donne l'enthousiasme et le culte du beau,
Ton luth est un sonore et magique trophée,
Que ton cœur fait vibrer sous un hymne nouveau !
O Muse ! me voici fidèle à ta tendresse,
Pourrais-je t'oublier, te déserter jamais,
Toi dont le bleu regard me protége sans cesse,
Toi qui m'aimes toujours ainsi que tu m'aimais !

On me dit de chanter, et je me sens des larmes !
Oui, des pleurs sont montés de mon cœur à mes yeux,
Mais ma lyre m'est chère, elle a pour moi des charmes ;
La muse est une amie, un ange gracieux,

4

Et je l'aime! Je t'aime, ô vision divine,
O rêve éblouissant inondé de clarté,
Blanche sœur d'Apollon qu'un poète devine,
Et qu'il voit en extase, épris de sa beauté.
Mais qu'elle est bonne aussi, cette blonde Prêtresse,
Quittant un fier séjour pour venir nous bercer!
Quand nous avons besoin d'une douce caresse,
Aussitôt, généreuse, elle sait tout laisser!

PERSPECTIVE

Le vieux manoir s'endort sous un manteau royal ;
Car le soleil couchant sait décorer en maître,
Tableau que j'aperçois de ma chère fenêtre,
Claude Lorrain superbe, à l'effet colossal !

Les murs du fier Crussol, monument féodal,
Sous ces rayons divins sont orgueilleux, peut-être ;
Mais le petit oiseau, gazouillant sur le hêtre,
Préfère à ces grandeurs son hymne matinal.

Il a sa part aussi de l'horizon splendide,
Du pur encens des fleurs, du bel azur limpide ;
Dans le creux d'un rocher il cache ses amours.

Quand tout fuit ici-bas, victime des tempêtes,
Lorsque d'altiers donjons ont vu ployer leurs faîtes,
L'oiselet semble encor chanter les Troubadours !

LE CACHET DE JOSÉPHIN SOULARY

—

Ce fier cachet de bronze, original et beau,
Qu'un maître m'a donné, gravé par un artiste,
Me rend très-fière aussi, même quand je suis triste ;
Soulary s'en servait ; donc c'est un vrai joyau !

Poétiques secrets, c'était là votre sceau ;
Les opulents trésors dont j'égrène la liste,
Rubis, grenat, turquoise, émeraude, améthyste,
S'effacent devant toi, *mélancolique oiseau !*

N'as-tu pas vu de près cet aimable génie,
Ce noble esprit rêveur, amoureux d'harmonie ?
Son nom, tu le gardais, il t'embellit encor !

Des titres, des blasons, auprès de lui sont pâles :
Il lui suffit d'avoir et ses initiales
Et sa gloire charmante, à l'auréole d'or !

CONTRASTE

—

Il est vraiment joli, le petit savoyard
Qui vint, hier matin, frapper à notre porte ;
Il est intéressant, joli de telle sorte,
Que sur ce frais bambin s'arrêtait mon regard.

Rose, candide, blond, le bonhomme est sans fard,
Presque sans suie, — aimable et souriant, il porte,
Sur son front, dans ses yeux, les heureux dons qu'apporte
La naïve beauté, charmante et douce part.

Je le préférerais au fils d'une comtesse ;
Oui, bien que la fortune, une altière princesse,
Ait mis entre les deux la distance des rangs,

Le jeune montagnard, gracieux comme un ange,
Avec le gars titré forme un contraste étrange ;
Mais le petit seigneur a neuf cent mille francs !

~~~~~~

1*

LA ROSE DE PÉTRARQUE

—

Sur le tombeau de Laure on admire une fleur,
Une fleur qui sourit à toute femme aimante,
Une rose embaumée, un doux trésor d'amante ;
Pétrarque lui donna sa suave couleur.

Ainsi qu'aux jours lointains d'adorable bonheur,
Elle brille, la fleur immortelle et charmante,
Mieux encor qu'un éclair de regard sous la mante,
Et nous reconnaissons sa divine senteur.

Dis-moi, chantre inspiré de France et d'Italie,
Quel est le nom royal de la rose jolie,
Effaçant les rayons qui décorent le jour ?

Car la gloire n'est rien auprès de cette rose ;
Sous tes grands yeux d'amant on la voyait éclose :
— Fauvette, tu sais bien que c'est la fleur d'amour !

L'ARMOIRE A GLACE

—

Ce meuble veut au moins visage jeune et frais ;
Mais, lorsque je le vois chez certaine coquette,
Qui vient d'en faire, hélas ! la trop tardive emplette,
— A plus de cinquante ans ! — je regarde ses traits,

Et je me dis : Vraiment, pour voir fuir ses attraits,
Fallait-il une glace aussi grande, aussi nette ?
Se croit-elle toujours à sa première fête ?
Pour elle, l'existence a-t-elle été sans frais ?

Car le temps fait payer à toutes la jeunesse ;
Seules, Diane et Ninon furent belles sans cesse,
Jusqu'aux confins glacés des quatre-vingts hivers.

Mais la dite fantasque a-t-elle l'espérance,
— Je vous confie un peu ses aimables travers, —
D'être impunément laide et reine de Jouvence ?

A MISTRAL

Au nom du Dauphiné dont il est originaire

—

Dans ton fier séjour de Maillane,
Où le soleil règne à demi,
Partageant avec son ami
Ta royauté, blonde liane,
Oui, celle qui s'attache à toi,
Ainsi que la gloire à ta lyre,
Dans ton beau pays qui t'inspire,
Les Félibres t'appellent roi.

Ta voix a toute la puissance,
L'élan sublime et la grandeur,
Toute la poétique ardeur
De ce mistral au souffle immense
Qui te vole un illustre nom,
Et de sa triomphante haleine,
Le redit aux monts, à la plaine;
Partout, il bénit ton renom.

Ta demeure est à notre France,
Elle dit : — C'est là qu'est Mistral,
Là que *Mireille et Calendal*
Naquirent, pleins d'une espérance
Changée en tant d'ovations ! —
La France aime ces poèmes,
Ces travaux, monuments suprêmes,
Admirables créations !

O noble barde, la patrie
Tressaille, dans son saint orgueil;
Toute l'Europe fait accueil
Aux sons de ta lyre attendrie,
Sons virils et retentissants
Qu'un cœur patriotique exhale,
Hymne ardent, éloquent et mâle,
Lancé sous des cieux ravissants !

Ah ! comme *Mireille* est charmante
Dans sa gracieuse blancheur !
Dans son éclatante fraîcheur,
C'est la plus adorable amante.
Que *Calendal* est valeureux !
Comme il aime son Estérelle,

Sa blonde fée, aimable et belle !
Ce sont de nobles amoureux.

Plus on lit leur touchante histoire,
Et plus on admire l'auteur ;
Lorsque son génie enchanteur,
Qu'a si bien couronné la gloire,
Nous peint ces radieux enfants,
Nous sommes ravis : chaste idylle,
Poème royal entre mille,
Ont des éloges triomphants.

Reçois-les, Mistral, ma province
Veut te les offrir par ma voix ;
Elle te nomma tant de fois
Chanteur hors ligne et brillant prince
Du Parnasse qui nous est cher ;
Aujourd'hui, ta belle Provence
Et mon Dauphiné sont la France ;
Français sont nos monts et ta mer !

LA JEUNE AVEUGLE PIANISTE

DU CONCERT DE LA LOTERIE DES ARTISTES LYONNAIS
EN FAVEUR DES INONDÉS DU MIDI

Elle n'a pas ses yeux... mais elle a son génie !
Pauvre ange ! ses accords nous ont longtemps charmés ;
Ils étaient tour à tour, vifs, moelleux, animés,
Toujours si ravissants, si brillants d'harmonie !

Nous t'écoutions émus, jeune fille bénie ;
Ce *Pleyel*, sous tes doigts, eut des accents aimés,
Et les échos divins, tu les as tous semés
Dans la salle où les arts ont leur grâce infinie.

Ton infortune est là, souriant au malheur,
Prêtant son beau talent qui peut toucher le cœur,
Afin de secourir un effrayant martyre !

Les larmes dans les yeux, je te serrai la main,
Lorsque de mon pays je repris le chemin,
En te disant : Merci ! car, ma sœur, je t'admire !

LA TENTE

HIVER DE 1870-1871

—

A M. Victor Colomb.

Sous son limpide éclat la lune au ciel frissonne ;
L'hiver est désastreux, la guerre nous étreint,
Le sol est recouvert de neige, et minuit sonne ;
Demain, l'on reprendra sa force et son entrain ;
Mais, à cette heure, on dort harassé, sous la tente.
Il dort, le noble enfant, en rêvant au pays,
A la France opprimée, au combat qui le tente,
A la sainte vengeance, à nos champs envahis.

Or, tandis qu'il sommeille, un beau guerrier se glisse
Doucement sous sa tente, amortissant ses pas,
— Un guerrier d'autrefois ; — il baise son front lisse,
Le contemple longtemps et murmure tout bas :
Mon digne protégé, cher et vaillant jeune homme,
Sois béni ; car je t'aime et je suis fier de toi.
Intrépide Français, comme moi l'on te nomme,
Et tu rends un vrai culte à l'honneur, à la foi !

Ah ! ne t'ai-je pas vu, l'œil ardent, l'épée haute,
Hardiment commander un énergique feu,
O brave de vingt-ans ! toi dont la seule faute
Est d'être encore paré du pur rayon de Dieu.
Va, je te reconnais à ton charmant courage,
Car je mis mon ardeur, enfant, dans ton berceau,
Saint Victor combattit, fut un preux d'un autre âge,
C'est lui qui te marqua, mon fils, d'un divin sceau.

A ta mère, un beau jour, j'ai promis de te rendre,
Oh ! je veille sur toi comme sur un trésor ;
Quoique bouillant soldat, je sus toujours comprendre
Ces élans maternels, doux et touchant essor.
Tu donnerais ton sang et ta vie à la France,
Mais, chut ! ce nom pourrait te réveiller déjà !
Adieu donc mille fois !... tu dois revoir Valence ! —
Deux minutes après, le saint n'était plus là.

. . . .

A l'aube, le jeune homme est debout, fier et grave ;
Sa prunelle rayonne, il pense à son devoir :
De ce devoir sacré l'enfant était esclave,
Comme de ses parents il est le cher espoir. —

5

Et le clairon sonnait au loin, dans l'air de glace...
Il tressaillit... Victor adorait cette voix,
Ce mâle écho disant : — Allons, soldats, en place !
En place ! et montrez-vous de vaillants Dauphinois !

A PROPOS DE CERTAINS YEUX

———

Vous n'avez donc pas vu les yeux de nos contrées,
Pour nous vanter ainsi ceux de fade pâleur,
Vous ne connaissez pas l'éclatante couleur
Du magique regard des femmes adorées.

Dans leur grand œil ému, les flammes concentrées
Sont comme des rayons dans une belle fleur;
Cet œil éblouissant devient plein de douceur,
Les caresses s'y sont mollement rencontrées.

Non, rien ne vaut les yeux des femmes du Midi;
L'œil du Nord n'est jamais qu'un astre refroidi
Qui ne peut se trouver en la méridionale.

La bonté de son cœur se reflète en ses yeux,
Et, noble souvenir d'un attrait gracieux,
La belle Laure avait des yeux de Provençale !

UN BOUQUET DE BRUYÈRE DES ALPES

—

L'air des monts a baisé ce bouquet gracieux ;
Les Alpes ont voulu l'envoyer au poète,
Et vraiment, c'est pour moi comme une aimable fête
De l'avoir sur ma table et d'y plonger mes yeux.

Rose bruyère, ainsi, sous nos agrestes cieux,
Tu vivais radieuse, ô mignonne coquette,
L'arome des grands bois passait sur ta clochette,
Qui n'est qu'un tout petit bouton délicieux.

Et tu viens près de moi mourir, ô ma charmante !
Tu dis : — Je le veux bien ; car vous êtes l'amante
De ce beau Dauphiné qu'ensemble nous aimons ! —

Mais tu ne mourras pas de sitôt, ma petite,
Va, je te soignerai de mon mieux, fleur d'élite !
Oh ! je réponds de cœur à l'envoi de nos monts !

LE TOMBEAU DE Mme E. C.

—

A Madeleine et à Andrée Lhoste,

Près de sa tombe, une fauvette
Chantait, ce matin, dans les fleurs,
Comme pour adoucir nos pleurs;
Je l'écoutais, pauvre poète.

Le ciel splendide était en fête,
Dorant, de ses blondes lueurs,
Ce tombeau cher à tant de cœurs,
·Où dort celle que l'on regrette.

Et doucement j'ai demandé
Au petit oisel attardé,
Tout ému dans son frais langage :

— O mignon ! que nous dit ta voix
Si pure, si tendre à la fois :
— A la morte je rends hommage !

∿∿∿∿∿

A M. AIMÉ VINGTRINIER

AU SUJET D'UNE FABLE DE LAFONTAINE MISE PAR LUI
EN CHANSON : *Les voleurs et l'âne*

—

Votre fable, poète, est toujours une fable ;
Ce triste Dauphinois, escroqueur d'un ânon
Qui se laisse enlever, sans même crier : Non !
Au nez des Provençaux !.. ah ! ce n'est point aimable !

Dans votre attaque injuste et très-inconcevable,
Ne pouviez-vous trouver, pour votre aliboron,
Un tout autre voleur et d'un pays félon,
Lorsque de ce forfait nul ici n'est capable ?

A notre urbanité vous répondez ainsi,
Voisin ! pensez-vous donc nous mettre en grand souci ?
Ce malin apologue, allez ! nous a fait rire.

Tout votre esprit ne peut changer mes Dauphinois
En larrons, et, pour les défendre, ils ont ma voix !
Puis, nous nous vengerons de vous par le sourire !

LE ROI DE PUYGIRON

A M. Morice Viel.

Le jeune roi de Puygiron
A vraiment conquis son empire,
Et la Muse peut lui sourire,
Au jeune roi de Puygiron.

Il a fort bien décrit le charme
De son vieux sol tout attrayant,
Avec un style rayonnant,
Il en a bien décrit le charme.

Son très-pittoresque pays,
Orné d'un fier castel antique,
Lui doit son renom poétique,
Son très-pittoresque pays.

En sa grâce primesautière,
Originale et de bon ton,
Ecrit le roi de Puygiron,
En sa grâce primesautière.

Ce n'est pas un roi fainéant,
Sur lequel gémira l'histoire,
Non, il est artiste avec gloire ;
Ce n'est pas un roi fainéant.

C'est par sa plume et par sa lyre,
Et par mille talents encor,
Qu'il a gagné son sceptre d'or,
C'est par sa plume et par sa lyre.

Notre pays le reconnaît
Pour un jeune écrivain d'élite,
Plein d'esprit et de vrai mérite ;
Notre pays le reconnaît.

Que le bon air de son royaume,
Les senteurs des premiers beaux jours,
Lui soient d'un bienfaisant secours,
Sous le bon air de son royaume !

Sans voyager incognito,
Il visitera sa province,
Ainsi qu'un intelligent prince,
Sans voyager incognito.

Il a toutes les sympathies
De ses sujets, de ses voisins,
Et des poètes, ses cousins,
Il a toutes les sympathies.

Le jeune roi de Puygiron
A vraiment conquis son empire,
Et la Muse peut lui sourire,
Au jeune roi de Puygiron !

LA FIANCÉE DU COMBATTANT

—

A mon cousin Alfred Aubert.

Ma mère, il va mourir ! je le sens dans mon cœur !
Ne vous semble-t-il pas ouïr le bruit des armes ?...
Oh ! son sang doit couler comme coulent mes larmes !
Plus encore ! ce flot plaît sans doute au vainqueur !

Entendez-vous là-bas un murmure moqueur ?..
Ce sont nos ennemis riant de nos alarmes.
Pour ces êtres de fer la guerre a mille charmes,
Et leur rude triomphe, ils le hurlent en chœur !

Hélas ! sur un brancard on l'apporte, ma mère !
Il est blessé, mourant !.. que l'épreuve est amère !..
Adieu, tu meurs en brave, en digne fiancé !

Coupez mes cheveux d'or ; car ma pauvre âme est veuve ;
Dans un dernier baiser, de chagrin je m'abreuve !
France ! même pour toi ce grand cœur est glacé !

A PÉTRARQUE

—

Poëte de l'amour, qui mourus en aimant,
A tes tendres soupirs on sent l'ange de flamme ;
Ton nom fait battre encor tout noble cœur de femme,
Et la Muse enivrée adore en toi l'amant !

La fontaine qui pleure est le témoin charmant
Des accents enchanteurs qu'exhala ta grande âme ;
Près de Laure aujourd'hui notre France t'acclame,
Couronnant vos deux fronts d'un vif rayonnement.

A ton brillant laurier quelle autre récompense
Devrait s'unir, au sein de ce triomphe immense ?
Le myrthe ? Mais l'amour a su le déposer.

Va, le prix le plus doux vient de celle qu'on aime ;
O Pétrarque ! j'ai vu, dans un éclat suprême,
Vos deux âmes, là-haut, se donner un baiser !

~~~~~~

PROTESTATION INDIGNÉE

CONTRE LA VENTE DES PIGEONS-VOYAGEURS

—

Où sont-ils donc ces mercenaires
Qui vendent nos oiseaux bénis ?
Dans la plus sainte des colères,
Tous, nous disons : Qu'ils soient honnis.

Ces doux ambassadeurs, guidés par la tendresse,
Par un instinct mystérieux,
Qui traversaient l'éther avec tant de vitesse,
Portant, — souvenirs précieux, —
Des messages d'espoir que notre pauvre France
Attendait, pâle de douleur,
Oui, ces chers confidents de plus d'une souffrance
Sont mis à l'encan sans pudeur !...

Où sont-ils donc ces mercenaires
Qui vendent nos oiseaux bénis ?
Dans la plus sainte des colères,
Tous, nous disons : Qu'ils soient honnis !

En d'affreux jours de deuil, ô ressource suprême,
  Jolis courriers qu'on adorait,
Interprètes naïfs près de ceux que l'on aime,
  Et qu'alors, hélas ! on pleurait,
Méritiez-vous d'avoir, un jour, pour récompense
  De votre gentil dévoûment,
Un sort humiliant, amère décadence,
  Après votre drame charmant ?...

  Où sont-ils donc ces mercenaires
  Qui vendent nos oiseaux bénis ?
  Dans la plus sainte des colères,
  Tous, nous disons : Qu'ils soient honnis !

N'avaient-ils point d'amis dans la sombre tempête,
  Ces ingrats, tristes oublieux ?
N'ont-ils jamais tremblé pour une chère tête ?
  Non, ces trafiquants odieux
Ne se souviennent pas des heures d'amertume
  Où l'œil suivait le vol si sûr
Des pigeons bien-aimés, à travers cette brume
  Nous voilant le céleste azur !

  Où sont-ils donc ces mercenaires
  Qui vendent nos oiseaux bénis ?

6

Dans la plus sainte des colères,
Tous nous disons : Qu'ils soient honnis !

Ah ! le coup a porté : les hordes étrangères,
En tirant sur les beaux ramiers,
Pouvaient leur faire au moins blessures plus légères,
Et mieux valaient les éperviers,
Qu'un *conseil* mercantile assez dur, assez lâche,
Pour convertir en vil métal
Ces mignons si Français, dévoués à leur tâche,
Quand ils bravaient un sort fatal !

Où sont-ils donc ces mercenaires
Qui vendent nos oiseaux bénis ?
Dans la plus sainte des colères,
Tous, nous disons : Qu'ils soient honnis !

Pardonnez !... Je voudrais baiser vos pattes roses,
Votre cou blanc et vos grands yeux,
Vos yeux noirs qui disaient tant de suaves choses,
O bijoux donnés par les cieux !
Un culte délicat vous était dû !... la France
Vous regardait comme sacrés !...
Elle proteste aussi !... pour dernière espérance,
Doux amis, vous serez pleurés !

Où sont-ils donc ces mercenaires
Qui vendent nos oiseaux bénis ?
Dans la plus sainte des colères,
Tous, nous disons : Qu'ils soient honnis !

1871.

A ROUMANILLE

—

Jean Reboul a dû, dans le ciel,
Tressaillir à ton noble hommage,
O Roumanille ! à ce langage
Si bien nommé : *langue de miel !*

Frais, charmant et substantiel,
C'est l'accent ému d'un autre âge;
C'est le mélodieux ramage
D'un oiseau-barde exempt de fiel.

Un jour, — après bien des années
De *marguerites* couronnées, —
Toi, qui te fais aussi bénir,

Tu verras ta chère Provence,
Dans sa vive reconnaissance,
Glorifier ton souvenir !

LA PETITE BÊTE A BON DIEU

—

A M. Gérard, magistrat.

Si mignonnette que je sois,
Je mène existence choisie ;
Et mon enivrante ambroisie,
C'est l'air parfumé que je bois.

Je me promène dans les bois,
Comme un artiste en poésie,
Lorsque telle est ma fantaisie,
Sans envier le sort des rois.

J'aime à voir se lever l'aurore
Sur mes amours que le ciel dore ;
Petite, je règne en ce lieu.

On prêche là-bas dans les temples ;
Noble penseur qui me contemples,
Va, moi je parle aussi de Dieu !

〰〰〰〰

6*

ÉRUDITION

—

A M. Lacroix, archiviste de la Drôme.

Hormis les vieux bouquins jaunâtres,
Dont les savants sont amoureux,
Pour lesquels, comme de vrais preux,
Ils se battaient en idolâtres ;

Hormis les parchemins grisâtres
Qui les font jubiler entre eux,
Qu'admirent donc ces malheureux
Souvent plus naïfs que des pâtres !

Qu'aiment surtout ces grands savants ?
Aiment-ils les accords des vents,
Le doux éclat de la verdure,

Et les fleurs, perles de beauté ?
J'en sais un qui, sans imposture,
Ose ignorer... la rose-thé !

A MADAME LOUISE DREVET

Au nom de notre pays

—

La souffrance est venue, hélas ! vous visiter,
Votre brillante plume est encore inactive,
Ma sœur, mais vous avez toujours la source vive
De votre esprit charmant qui se fait écouter.

— O douleur ! tu devrais songer à la quitter ! —
Pour vous guérir, que n'ai-je une main décisive !
En vous rendant à l'art, ô noble sensitive,
Dieu nous exaucerait : qu'il daigne se hâter !

Car, depuis de longs jours, notre pays est triste,
Et de votre silence, aimable nouvelliste !
Ne regrette-t-il pas vos récits Dauphinois ?

Amie, il vous envoie un consolant sourire,
Il me charge aujourd'hui de venir vous le dire ;
Vite, je vous transmets sa sympathique voix !

A MA FENÊTRE

—

A Mme Edouard Rochas.

Le ciel était bien sombre, une petite étoile,
Seule, au loin rayonnait pour me dire : Bonsoir !
Mignonne, douce et belle, ornement de ce soir,
Quel est l'attrait charmant que ton or me dévoile ?

Après un jour d'orage, apparais-nous sans voile,
Alors qu'autour de toi notre horizon est noir ;
Je t'aime, et je ressens du bonheur à te voir,
Un artiste divin t'a mise sur *sa toile.*

Il t'a placée ainsi, bien en face de moi,
Pour sourire à mon cœur, pour réveiller ma foi,
Alors que je suis triste, abattue, inquiète.

O nature ! ô beauté du vaste firmament !
Quand on gémit, hélas ! tu montres tendrement,
Comme consolatrice, une étoile au poète !

~~~~~~

LE NID DE *LA MAISON DES TÊTES*

A M. et Mme Victor Colomb.

Jeune nid, dans vieille demeure
Arrivez comme une lueur !
Vous aurez pour lot le bonheur,
En ayant l'amour à toute heure.

Et l'antique maison, qui pleure
Son beau passé plein de grandeur,
Retrouvera gaîté, verdeur,
Sous votre rayon qui l'effleure :

Ainsi, l'on voit aux sombres tours,
Quand vient le printemps des amours,
Se suspendre un berceau de mousse.

Et, souriant au jeune nid,
De sa caresse la plus douce,
Dieu le protège et le bénit !

A UN PETIT WERTHER

—

Pourquoi désespérer, jeune homme, à dix-sept ans !
N'as-tu pas en ton âme une vibrante lyre !
De l'aube de tes jours s'éloigne le sourire,
Comme fait un rayon quand viennent les autans.

Non ! non ! il faut donner un but à ton printemps,
Alors qu'on est si jeune et que la muse inspire,
Alors qu'auprès de toi l'ange des vers soupire,
Tu dois avec courage employer tes instants.

Chante pour la patrie, oui, chante pour la France !
Deviens un ménestrel lui parlant d'espérance ;
Puis, lorsque reviendra le riant mois des fleurs,

Célèbre la nature et son charme suprême,
Ses attraits ravissants dans le pays que j'aime ;
Ton luth, enfant-poète, adoucira tes pleurs !

SUR LA VIERGE

DE NOTRE GRAND PEINTRE DAUPHINOIS

—

A Mlle Marie Colomb.

O Madone d'Hébert, sérieuse et touchante,
Avec ton type étrange, avec tes beaux grands yeux !
O rose de Judée acclimatée aux cieux,
Permets qu'en son élan le poète te chante !

Un suave mystère est là qui nous enchante,
Mystère de tendresse au charme gracieux ;
Il rayonne sur toi, sous ton voile pieux,
Et sait plaire à des cœurs que le sort désenchante.

Tu viens nous présenter ton adorable Enfant,
Si joli, qu'il est plein d'un attrait triomphant,
Si fier de te nommer : *Vierge de délivrance !*

C'est un amour blondin et beau... comme ton Fils !
De sa voix ineffable, il dit à ses amis :
— Par son cœur maternel, je veille sur la France !

LA POÉSIE ET... LE DROIT

—

A M. Zénon Fière.

Non, tes savants travaux ne t'ont point brisé l'aile,
Et leur aridité n'arrête pas l'essor
De ta jeune pensée, une lyre aux fils d'or
Qui résonne si bien alors que l'Art t'appelle.

L'Art ne pourra jamais te trouver infidèle,
Ce radieux ami sera ton *Salvator ;*
Car son feu rayonnant te passionne encor ;
Le magique sonnet est une fleur si belle !

Un délicat jasmin que tu sais cultiver,
Un fier magnolia, comme en doivent rêver
Ceux que le goût du beau possède, anime, enflamme.

Oh ! conserve ton luth, enfant de mon pays !
Ne faut-il pas qu'il soit orgueilleux de ses fils !
C'est sous son ciel que Dieu t'a poétisé l'âme !

~~~~~~~~

CÉLÉBREZ-MOI

—

Dans le frais baiser d'une rose
Un petit oiseau s'abreuvait,
Et qui sait ? peut-être il rêvait
A plus d'une adorable chose.

La mignonne merveille, éclose
Sous l'or matinal, vous avait
Un air charmant ; elle savait
Sa radieuse couleur rose.

Coquette, elle dit à l'oiseau :
— Mon jeune prince fier et beau,
Tu devrais célébrer ma grâce... —

Bientôt, tué par le chasseur.
Mais il répond avec douceur :
— D'autres chanteront à ma place !

LE BUSTE DE BARNAVE

—

O Barnave, salut ! c'est moi qui t'ai chanté !
Tu me souris, peut-être, et j'en suis toute fière ;
Ton image, ô Tribun, est belle de lumière,
Avec le vif éclat de l'immortalité !

J'écoute... et crois ouïr cette parole altière,
Eloquente, inspirée et riche de clarté,
Que lançait ton accent plein de virilité,
Lorsque en toi tu sentais bouillir la lave entière.

Toi qui connus l'amour par un vrai dévoûment,
Et fus tout à la fois sujet, loyal amant ;
Toi qui, sous son regard, devins si magnanime,

Accepte le tribut de l'admiration
D'une femme ! Orateur, ta noble passion
T'immola, jeune encor, mais te rendit sublime !

MA PETITE CHAISE

—

Une ottomane de velours,
Moelleuse et bien capitonnée,
Qui voit s'étendre dans l'année,
Et tous les soirs, et tous les jours,
Quelque duchesse brune ou blonde,
Quelque sylphide au teint de riz,
Dont on célèbre dans le monde
Et la tournure et le souris,

Me plairait moins que toi, simple petite chaise,
Sur laquelle je viens rêver près de mon feu,
Partout ailleurs, partout, je suis moins à mon aise.
Lorsque tu me soutiens, parfois le soleil baise
Ma chambre qui t'abrite, un réduit blanc et bleu.

Quand je souffre du froid rigide,
Et que la neige est sur les toits,
Que l'hiver fait sentir ses lois,
Tenace comme un ours avide,

Je te cherche, ô mon siége ami,
Et près du foyer je me glisse,
Si mon courage est endormi,
Si ma force se rapetisse.

Mais que je me sens mieux, dès lors que je te prends ;
N'as-tu pas un secret qui calme et qui repose ?
Et la philosophie, oh ! sur toi je l'apprends !
Tu dis que le plus sain plaisir dans tous les rangs,
C'est de savoir trouver une humble couleur rose
A son gîte, à la vie, et parfois je me rends.

Oui, je me rends à ces pensées,
Pas toujours, hélas ! j'en conviens ;
Souvent aussi, je te reviens,
Comme les âmes affaissées,
Et toi, le plus gentil appui,
Tu protéges mes défaillances,
Me disant : Souris aujourd'hui
A toutes les subtiles danses

Que font dans le foyer ces étoiles d'or fin,
Ces débris de tisons, ces blondes étincelles
Qui brilleraient si bien au front d'un séraphin ;

Vois, ces morceaux de feu figurent un dauphin,
Plus loin, c'est un oiseau dont j'aperçois les ailes,
Tout disparaît bientôt... mais tu souris, enfin !

     Depuis longtemps je te possède,
     Jamais tu ne me quitteras,
     Et je ne te faillirai pas ;
     Va, ne crains pas que je te cède
     Pour quelque objet mirobolant !
     Je t'aime ainsi toute simplette ;
     O mon petit siége parlant,
     Reste toujours chez le poète !

A JOSÉPHIN SOULARY

Au sujet de son nouvel ouvrage

—

Ainsi la Poésie, au souffle inspirateur,
Ne quitte point vos pas dans son amour fidèle ;
Jetant sur vos travaux les rayons de son aile,
D'un beau livre de plus elle vous fait auteur.

Qu'il vienne, ce bijou, ce trésor enchanteur !
Le monde des lettrés le désire et l'appelle ;
On y reconnaîtra la lyre fière et belle
Du maître des *Sonnets*, admirable chanteur !

Oh ! je devinais bien que vive était la flamme,
La flamme de l'essor qui palpite en votre âme,
Qu'à la Muse jamais vous ne direz adieu !

Car vous ne pouvez pas renier la puissance
Et l'attrait de ce don fait avec abondance ;
Le Génie, à vous, Barde, et de la main de Dieu !

~~~~~~~

LA BOURGOGNE

—

Puisque en Bourgogne on veut sourire
A tes accents, ma douce lyre,
Comme au sein de mon Dauphiné,
Porte un hommage à cette terre
Où tout fleurit, où tout prospère,
A ce beau pays couronné
Par la guirlande enchanteresse
D'où sort la puissante caresse
Du nectar par Phœbus donné.

Ah ! pour les uns c'est l'ambroisie ;
Mais toi, charmante poésie,
Tu sais enivrer mieux encor
Que ces vins au bouquet d'élite,
Chaud parfum qui séduit si vite,
Fins produits de la Côte-d'Or !

Salut à la Bourgogne antique,
Dont la légende poétique

Entoure les nobles tombeaux !
Près de ses ducs l'écho murmure,
De sa voix solennelle et pure :
— Ils furent courageux et beaux ! —

Dans cette province l'on trouve
Ce pays montagneux qui s'ouvre
Comme un agreste enchantement,
Le frais Bugey, dont les parages
Ont d'adorables paysages
Changeant d'aspects à tout moment.

Buffon vit le jour en Bourgogne ;
Le lion, l'aigle et la cigogne
Eurent là leur historien,
Qui, de sa plume magistrale,
Fit, d'une manière royale,
Quelque chose souvent d'un rien.

Ce sol fut le berceau d'un cygne,
Et pour lui quelle gloire insigne !
Lamartine est ce souvenir
Dont l'éclat, perçant les nuages,
Saura bien traverser les âges,
Sans arriver à se ternir !

Toujours admirée et chérie,

Cette Bourgogne est la patrie

De Bossuet, des preux, des fleurs,

Et de l'urbanité française,

Qui peut s'épanouir à l'aise

Sous ce ciel aux douces lueurs.

Faite de fierté, d'espérance,

La Bourgogne plaît à la France,

Et nos deux provinces sont sœurs!

LE JEUNE *FIDO*

—

Je viens me faire aimer d'un noble et grand poëte ;
J'accours avec bonheur comme vers un ami ;
Voulant me dévouer, mais jamais à demi,
De le servir toujours je me fais une fête.

Oui, d'un maître si bon je serai la conquête ;
Il ne me verrait point froidement endormi,
S'il fallait le sauver d'un méchant ennemi ;
Mais il n'en peut avoir, et sa gloire est complète.

Ah ! j'en rêvais déjà dans mon petit cerveau ;
Car poëte et chasseur, c'est glorieux, c'est beau !
Et l'on m'a dit son nom : aussi, je me redresse !

Puisse-t-il, à son tour, devenant fier de moi,
Admirer ma valeur, jouir de mon émoi,
Alors qu'il daignera m'offrir une caresse !

~~~~~~

DEVANT LE PORTRAIT DE JEANNE D'ARC

PLACÉ DANS MA CHAMBRE

—

O Jeanne, vous m'aimez ! j'ai chanté pour la France,
Avec ma douce lyre, avec mes chants d'amour,
Et lors de nos malheurs je pleurais chaque jour;
J'étais touchée, hélas ! de sa vive souffrance !
C'est devant votre image, ô vierge, que je sens
Que mon cœur si français conserve ses accents,
Ses palpitations, ses élans, sa colère,
Et tous ces saints transports que le ciel doit bénir,
Pour blâmer ces ingrats qui n'ont point souvenir
Des pleurs qu'a répandus la France, notre mère!

. . . .

Et l'on me voudrait lâche et faible!.. O Jeanne d'Arc !
Je me confie à vous, belle et fière patronne,
Qu'à mon luth dauphinois votre souffle pur donne
Un peu de la vertu qu'avait votre étendard,
Qu'il vibre à la douleur ! qu'il vibre à l'espérance !
Et que je meure au moins en défendant la France !

PRÉFÉRENCE DE POÈTE

—

L'amour n'est bien souvent qu'un prétexte à sonnets,
Un thème sur lequel on brode mille choses ;
Et l'on sait ce qu'il faut penser des belles roses
Qui naissent dans des vers brillamment façonnés.

Parmi tous les trésors au poète donnés,
Lui faisant oublier longues heures moroses,
Il en est un qui vient, malgré fenêtres closes,
Sans vouloir demander quels sont les jours sonnés.

L'amour vibre si bien sur un luth de poète,
Il est mélodieux dans les accents qu'il jette ;
C'est donc l'hymne d'un cœur restant jeune toujours.

La jeunesse de l'âme est celle du génie ;
Mais croyez bien qu'alors qu'il chante les amours,
Il préfère surtout... l'amour de l'harmonie !

PETITE TOILE

—

Mon vieux *Crussol*, mon vis-à-vis,
Apre rocher à mine antique,
Ruine au manteau poétique,
Dont aime à s'orner mon pays,

Tous les étrangers ébahis
Te contemplent, vaste relique ;
Que n'ai-je donc pinceau féerique
Pour retracer tous tes replis !

Toi qui domines la vallée
De ta prestance désolée,
De ton si grandiose flanc,

Pardonne à mince peinture,
Car ton portrait est ressemblant,
Mais, hélas ! moins beau que nature !

~~~~~~~

LES DEUX ARTS

—

A M. Morice Viel.

Ecoute, ç'est ta sœur, jeune peintre-poète,
Qui vient tout doucement visiter ta maison ;
Sur un travail rempli de verve et de raison,
Elle te voit courbant ta pâle et brune tête.

Puis, tu quittes la plume et tu prends la palette,
Pour retracer peut-être un suave horizon ;
Mais, fait de souvenir, en la froide saison,
Rappelant du printemps la blonde et douce fête.

Ami, l'Ange des arts a voulu déposer
Sur ton front une étoile, et la Muse un baiser ;
Frère, ne sens-tu pas cette divine empreinte ?

Au sein de la souffrance et quelquefois des pleurs,
Comme tu réponds bien à leur touchante étreinte !
Nous applaudissons tous à tes jeunes labeurs !

LE CHRONIQUEUR

—

A **.

Suffit-il donc d'avoir le titre de savant
Pour juger l'éloquence et le mâle génie,
Surtout pour en parler avec froide ironie,
Méprisant une gloire et la jetant au vent !

Une gloire, un héros qu'on admire souvent,
Barnave ! un Dauphinois de mémoire bénie,
L'orateur si loyal qu'un chroniqueur renie,
Mais avec moins d'essor qu'un simple engoulevent.

Cherchez les petits faits locaux de notre histoire,
C'est votre lot, Monsieur ; mais respectez la gloire :
Vous ne pouvez d'ailleurs jamais l'endommager ;

Superbe, elle rayonne à travers ces misères,
Vrais propos de salon, cancans de douairières.
Barnave, me voici ; car je viens te venger !

~~~~~~

LOUISE

Je ne te connais pas, ô mignonne gentille,
Et l'on veut de mes vers donnés à ton berceau;
Eh bien! qui dit enfant, dit fleur, rayon, oiseau,
Puis, la grâce est toujours en la petite fille.

Oh! le charme ingénu dans les babys pétille;
Comme tout chérubin, ils ont l'aimable sceau
Leur mettant un reflet si visible et si beau,
Un reflet de candeur, diamant qui scintille.

Même quand on est triste, on sourit devant eux;
Leur sourire a gagné des êtres malheureux,
Et tout est velouté dans leurs fraîches caresses.

Comment se figurer un jeune ange, un enfant,
Louise, sans le voir joyeux et triomphant,
Régnant sous les baisers et de vives tendresses!

LA NOUVELLE *REVUE DU DAUPHINÉ*

—

A M. Savigné, fondateur de cette publication.

Vienne, la noble ville aux souvenirs antiques,
Où vibre des Romains le souffle si puissant,
Où le Rhône joyeux tressaille en la berçant,
Où de Ponsard l'on voit les traces poétiques ;

Vienne, l'intelligente, aux tendances attiques,
Où le parfum des monts devient plus caressant,
Où le ciel du Midi commence ravissant,
Comme pour éclairer de superbes portiques ;

Vienne veut, grâce à vous, fière de son renom,
Offrir au Dauphiné dont elle aura le nom,
Une charmante amie, une belle *Revue*.

La science et les arts s'y donneront la main,
Le pays l'aimera sitôt qu'il l'aura vue ;
Elle suivra toujours un glorieux chemin !

~~~~~~~~

8*

A JOSÉPHIN SOULARY

Sur son ouvrage : LES RIMES IRONIQUES

Le plus charmant bijou de votre nouveau livre,
O Maître, croyez-moi, c'est *la Pierre du Seuil;*
Mais sa mélancolie a trop l'accent du deuil,
Quand, pour tous vos amis, Barde, vous allez vivre !

Vous vivrez ! et longtemps votre pas pourra suivre
Ce glorieux chemin où tout vous fait accueil.
De notre sol français n'êtes-vous pas l'orgueil?
Oh ! l'âme de Pétrarque en vous aime à revivre !

Ce morceau délicat est d'un attrait touchant,
Cette *Pierre* devient le doux thème d'un chant
Qui me laisse ravie, en me rendant si triste !

Poëte, vous avez beau faire le moqueur,
Et semer l'ironie en vos hymnes d'artiste :
L'esprit de vos beaux vers n'empêche pas le cœur !

RÉPONSE

—

A vous qui me donnez le nom charmant de sœur,
En entourant mon nom d'une fraîche guirlande,
Merci pour cette aimable et souriante offrande,
Que vous avez formée avec tant de douceur.

Deux arts entre vos mains rivalisent d'ardeur,
Docte musicienne ! Ah ! la Muse demande
Des accords, des accents ; en reine, elle commande,
Souveraine maîtresse, elle vous prend le cœur.

Mais ne vous plaignez point ; car vivre d'harmonie,
C'est vivre d'idéal, existence bénie,
Comme vit l'oiselet du parfum de nos champs,

C'est aspirer enfin l'air le plus délectable ;
Et puis, n'avez-vous pas ce plaisir ineffable
De mettre un nom ami dans vos gracieux chants ?

~~~~~~

AVANT L'ARRIVÉE

—

A M. et à Mme Victor Colomb.

Le nid va donner l'oisillon,
Salut d'avance au baby rose !
On tient encor la porte close,
Mais il vient, le gentil rayon !

Il vient, il dore le sillon,
En embellissant toute chose ;
De plus d'un projet il est cause ;
Sa famille attend le mignon.

La jeune mère, douce et blonde,
Ne voit pour trésor en ce monde
Qu'un petit berceau d'angelet.

Bien souvent le père le guette,
Rêvant d'y placer l'oiselet ;
Et moi je dis : Qu'il soit poète !

~~~~~~~~

LES FÉLIBRES

POUR LA FÊTE DE SANTO ESTELLO, LEUR PATRONNE

—

A M. de Berluc-Pérussis.

Ils chantent la patrie en leur langue immortelle ;
Ils chantent la Provence, ils chantent les amours!
Nous sommes revenus au temps des troubadours!
Ère des ménestrels, tu reparais plus belle !
Sur leurs brillants lauriers la Gloire étend son aile;
Leurs hymnes pleins d'élan retentiront toujours !

Une *Etoile* charmante est leur patronne aimée ;
Le soleil du Midi leur donne, avec son feu,
Son rayonnant éclat, et la brise embaumée
Ajoute ses faveurs aux baisers de ce dieu.
Aussi, l'on voit fleurir là-bas de fiers poèmes,
Qu'a fait croître une sève ardente, un vif essor;
Et le patriotisme à ces trésors suprêmes
A mis un noble sceau qui brille comme l'or !

Quel opulent bouquet a formé le génie !
Sainte Estelle, vois-tu ta corbeille de fleurs ?
Entends-tu ces concerts de virile harmonie ?
Ces Bardes t'ont parlé : quels accents que les leurs !

Ils chantent la patrie en leur langue immortelle ;
Ils chantent la Provence, ils chantent les amours !
Nous sommes revenus au temps des troubadours !
Ère des ménestrels, tu reparais plus belle !
Sur leurs brillants lauriers la Gloire étend son aile ;
Leurs hymnes pleins d'élan retentiront toujours !

O Provence ! ô foyer de mâle poésie,
Que tes enfants t'ont fait de superbes présents,
Et que tu peux causer de sainte jalousie
A ceux qui t'envieraient tant de dons séduisants !
Présente aux étrangers, en de si douces fêtes,
Tes ravissants chefs-d'œuvre ; éblouis leurs regards ;
Dis les noms glorieux de tes nobles poètes ;
Déploie en leur honneur tes plus beaux étendards !
Tes fils t'ont mis au front une riche couronne,
Mirèio, Calendau, Lis Oubreto, Isclo d'Or,
Sont les purs diamants que la Muse te donne,
Avec *Li Carbounié, Miougrano*, « *flour doù cor!* »

Ils chantent la patrie en leur langue immortelle;
Ils chantent la Provence, ils chantent les amours !
Nous sommes revenus au temps des troubadours !
Ère des ménestrels, tu reparais plus belle!
Sur leurs brillants lauriers la Gloire étend son aile ;
Leurs hymnes pleins d'élan retentiront toujours !

Et tant d'autres bijoux dont tu peux être fière,
Provence, montre-les; ton maternel orgueil
Est sacré ! c'est la chaste et magique lumière
Qui fait tout resplendir, même le froid cercueil !
C'est la Gloire ! elle vient toujours dans tes parages,
Depuis l'amant de Laure elle habite ces lieux ;
De Berluc-Pérussis l'a fait voir à nos âges,
En donnant une fête au Cygne gracieux.
C'est la Gloire ! tu sais l'offrir à notre France !
Tes Bardes ont au cœur l'amour saint du pays;
Il est puissant et fort, doux comme l'espérance ;
Les Félibres vaillants sont des Français unis !

Ils chantent la patrie en leur langue immortelle ;
Ils chantent la Provence, ils chantent les amours !
Nous sommes revenus au temps des troubadours !
Ère des ménestrels, tu reparais plus belle !
Sur leurs brillants lauriers la Gloire étend son aile ;
Leurs hymnes pleins d'élan retentiront toujours !

COQUETTE

La petite fée Espérance,
Blondine et svelte, vient vous voir ;
Elle bannit le chagrin noir,
En adoucissant la souffrance.

Son parler a l'accent de France ;
Magique est son naïf pouvoir ;
Elle n'a souvent qu'à vouloir
Pour réjouir une existence.

O fée, il faut vouloir toujours !
Assez l'on a de tristes jours,
Accordez donc votre sourire !

Un petit sourire, est-ce trop ?
Ah ! coquette, l'on vous désire,
Et vous fuyez au grand galop !

CANDEUR

—

Ai-je bu l'amour, ô ma mère,
En buvant un œuf de ramier ?
Sentant mon courage plier,
Hier, dans ma journée amère,

Vite, je cours au pigeonnier ;
Traites-tu cela de chimère ?
Je vole un œuf, perle éphémère,
Je le bois... et ne puis nier

Qu'après je me sens amoureuse...
Oh ! tu m'appelleras conteuse,
Mais j'ai rêvé de son œil noir,

Et comme j'ai quinze ans, dimanche,
A ma chère colombe blanche
J'ai confié mon doux espoir !

9

LA MARMITE.

Pièce réaliste dédiée à M. V. Arnaud, auteur de La Bouilloire.

Puisqu'on a chanté la bouilloire,
O marmite, je veux aussi,
Mais sans un air triste et transi,
Exalter ta modeste gloire.

Dis-moi, dans ton sublime flanc,
Que contiens-tu, noble nourrice ?
Qu'un fin parfum nous avertisse
Que ce n'est point un bouillon blanc.

Tu laisses à la rêverie
Tout un vaste et frais horizon ;
Morceau de bœuf en ta prison
Nous mène au loin dans la prairie.

Les gourmands te font les yeux doux,
Si la senteur du lard rappelle
Qu'en toi se prépare, ô ma belle,
La succulente soupe aux choux.

Cela fait songer à la ferme,
Aux mœurs agrestes en plein vent,
Lorsqu'on vient manger sous l'auvent
Les simples mets qu'elle renferme.

On voit d'ici les travailleurs
Goûtant au potage rustique
Alors, la brise poétique
Vient sécher viriles sueurs.

Et pendant ce repas champêtre,
L'alouette chante un refrain,
Le beau coq aussi va son train,
Les agneaux rêvent d'aller paître.

La métayère a de grands yeux,
Un air riant, plein de franchise,
Un teint rouge, quoi qu'elle en dise,
Des dents, émail délicieux !

Elle sourit aux marmots roses,
En cheveux blonds ébouriffés
Et si sans façon attiffés,
Qu'ils dérident les fronts moroses.

Quel appétit ! voyez-les tous
Faire leur cour à la marmite,
Oh ! pour eux, elle est trop petite,
Quand elle a du lard et des choux.

Leur embonpoint vient comme un charme,
Leurs petits bras sont potelés,
Ces gaillards, vite consolés,
Se battent, mais sans une larme.

Lorsque arrivera le moment
De combattre pour la patrie,
Laissant là leur ferme chérie,
Ils prouveront leur dévoûment.

Ils souriront à la gamelle,
Sans grimaces et sans dédain,
Comme à toi, marmite, et soudain
Ils obtiendront vigueur nouvelle.

Les fils des champs, braves lutteurs,
Heureux de mourir pour la France,
Immoleront leur existence
Dans les fiers combats des grands cœurs.

Donc, hourrah ! pour l'humble ustensile
Préparant la moelle des forts !
Il sait soutenir leurs efforts,
Il est éminemment utile.

Ainsi, tout simplement rêvant,
Devant une pauvre marmite,
Un je ne sais quoi vous invite
A voir plus loin qu'elle souvent.

PETITE MARIE-ANTOINETTE

—

A Mme Joseph Mettling.

Sur mon frais souvenir on verse encor des pleurs ;
Car je suis si jolie au ciel comme sur terre ;
D'un gracieux bonheur pénétrant le mystère,
Je suis la fleur charmante entre toutes les fleurs.

Mais, de là-haut, mon œil a vu de tendres cœurs
Me regretter bien fort !... Ah ! celui de ma mère,
Et ceux de mon aïeule et de mon jeune père,
Qui mettaient mon départ au nombre des malheurs !

Alors, je viens sans bruit, avec mes blanches ailes,
Que l'on a su tisser si fines et si belles,
Pour voir, dans mon berceau si je peux reposer ;

Je caresse René, Francis, mes petits frères,
Et quand j'ai souhaité mille choses prospères,
Je m'envole, en laissant à tous un long baiser.

LE CHEMIN DES BALMETTES

—

C'est un délicieux chemin,
Le plus gentil qui se puisse être,
Et contourné de main de maître,
C'est un délicieux chemin.

Entre de grands rochers sauvages,
S'étale mon joli sentier ;
Les cieux le baisent tout entier,
Entre de grands rochers sauvages.

Dans un cristal éblouissant,
Tout le long brille une rivière,
En gazouillant, limpide et fière,
Dans un cristal éblouissant.

Disant son agreste complainte,
Elle glisse sur des galets,
Et donne à boire aux oiselets,
Disant son agreste complainte.

Les arbres peuvent s'y mirer,
Les grands arbres de ces prairies,
Qu'on voit au printemps si fleuries,
Les arbres peuvent s'y mirer.

C'est un vrai chemin de poète,
Oh ! qu'il est charmant d'y rêver,
Le soir, ou bien à son lever !
C'est un vrai chemin de poète.

Comme je voudrais le revoir,
Avec son doux attrait champêtre,
Qui réjouissait tout mon être !
Comme je voudrais le revoir !

Ah ! que j'y chanterais à l'aise,
En respirant, à pleins poumons,
L'air parfumé qui vient des monts !
Ah ! que j'y chanterais à l'aise !

Il conduit jusqu'à ce moulin
Environné de frais ombrages,
De sources et de pâturages,
Il conduit jusqu'à ce moulin.

La meunière est affable et bonne ;
On est patriarcal ici,
Et doucement je dis : Merci !
La meunière est affable et bonne.

Sans me connaître, elle m'offrait
Du vin blanc, des œufs, du laitage.
Avec un cordial visage,
Son sourire, elle me l'offrait !

Des hameaux perchent sur les cimes,
Et des villages sont au bas,
Puis, les grandes Alpes là-bas !
Des hameaux perchent sur des cimes.

Quel contraste ! les durs rochers
Et la ravissante verdure
D'une gracieuse nature !
Quel contraste avec les rochers !

Ce pays, amour des artistes,
N'est jamais vulgaire et banal,
Il est vraiment original,
Ce pays, amour des artistes.

J'ai cueilli la mousse et les fleurs
De mon cher *sentier des Balmettes*,
Tout rempli de senteurs coquettes,
J'ai cueilli sa mousse et ses fleurs.

Il est bien sûr que j'en raffole,
Que maintes fois je pense à lui,
Depuis que son aspect m'a lui,
Il est bien sûr que j'en raffole.

Là, j'ai cherché le souvenir,
Les traces d'un noble passage..
Poétique pèlerinage....
Là, j'ai trouvé son souvenir !

LA MORT DU COMTE DE MONTALIVET

—

I

D'un ministre aujourd'hui sonne la dernière heure ;
Il a voulu mourir dans son pays natal :
Au pays, en effet, on vous aime, on vous pleure,
Et l'on s'endort bien mieux qu'en un gîte royal.
Qu'importent les grandeurs, le faste, la puissance,
Alors qu'on va mourir ? Ah ! notre Dauphiné
Avait toujours sur lui sa magique influence ;
Cet amour ne l'avait jamais abandonné,
Ce noble et saint amour, l'amour de la province,
Où grandit son enfance, où, jeune homme, il rêvait,
Où, plus tard, accablé des faveurs de son prince,
Mais modeste toujours, joyeux il revenait.

Il fut ministre... Eh bien ! oui, ministre fidèle,
Et l'honneur l'animait, et c'est assez pour lui !
La France demandait ses talents et son zèle,
La France avait besoin d'un courageux appui ;

Il se leva soudain, il courut vers la France !
Ne parlait-elle pas de sa touchante voix !...
La Patrie !.. ô doux nom ! radieuse espérance !
Pour elle il travailla, le noble Dauphinois !

II

C'est un beau soir de mai, dans la campagne verte,
Les oiseaux et les fleurs se disent : Aimons-nous !
La chambre du malade a sa croisée ouverte ;
Dernier adieu des champs dans un air pur et doux,
Dernier parfum !.. Hélas ! il te respire encore,
Il savait t'adorer, frais et léger encens...
Mais sa force s'éteint... Mon Dieu ! depuis l'aurore,
Il dit : Je vais mourir, mes amis, je le sens,
Je dois me préparer...

     Et le pasteur arrive ;
Il vient, il est courbé, vieillard à cheveux blancs,
Seul, son œil brun conserve une flamme encor vive ;
Mais sa timidité, mais ses mouvements lents,
Annoncent qu'il revoit le beau seigneur lui-même,
Et le ministre aussi, dans ce pâle mourant...
Une larme révèle et sa douleur suprême
Et son regret amer de le voir expirant...

— Monsieur le comte !...

        — Oh ! non, appelez-moi : mon frère !

Un titre n'est plus rien pour l'homme qui se meurt.

Remplissez près de moi votre saint ministère ;

J'accepterai la mort sans bravade et sans peur !

Alors le prêtre ouvrit le ciel au grand ministre,

Au lieu même où l'enfant souriant était né ;

Le trépas n'eut pour lui nulle couleur sinistre,

Sa fin lui fut plus douce au sein du Dauphiné.

A UNE DAUPHINOISE INCONNUE ALORS

—

« Ecrivez-moi, ne fût-ce quo pour me diro
« le doux : *Je vous aime* ».
        Mme GIROUD, de Grenoble.

Oui, je vous aime, amie au si noble langage ;
Car l'esprit et le cœur rayonnent dans vos vers :
Mais, lorsque vous parlez de vos nombreux hivers,
Le maître vous répond : « Le talent n'a pas d'âge »

Comment, après cela, ne pas prendre courage,
O sœur qui m'êtes chère à des titres divers ?
Ainsi que les sapins demeurant toujours verts,
Votre âme est une fleur qui sait braver l'orage.

Vous répandez de loin votre parfum charmant,
Sans dire votre nom ; — de par la Lenormant,
S'il était quelque part une devineresse,

Une magicienne au regard indiscret,
Qui pût me révéler tout bas votre secret,
J'irais la consulter, ô bonne *Trouveresse!*

LES DIX-SEPT JARDINS DE GRENOBLE

—

A Mme Louise Drevet.

La ville de Bayard a des fleurs pour les femmes,
    Pour les savants, de fiers travaux ;
Pour les esprits d'élite elle a de grandes âmes,
    Et des lauriers pour les héros !

Grenoble, la coquette, aimable en ses sourires,
Donne à tous ses enfants de beaux jardins de fleurs
La brise, qui frissonne et fait vibrer nos lyres,
Caresse ces trésors aux charmantes couleurs.
En bas des monts hautains, ainsi s'épanouissent
Ces oasis qu'un goût si pur a su créer,
Alors que l'on entend les ondes qui bruissent
Ou les petits oiseaux, pleins d'amour, soupirer.

La ville de Bayard a des fleurs pour les femmes,
    Pour les savants, de fiers travaux ;
Pour les esprits d'élite elle a de grandes âmes,
    Et des lauriers pour les héros !

O délices des yeux, rêves de la pensée !
Ces abris émaillés de bijoux ravissants,
Où la nature même est doucement bercée,
Nous montrent des fouillis aux tons éblouissants.
Le matin ou le soir, et surtout le dimanche,
On peut y respirer les parfums délicats
De ces gerbes de fleurs que tendrement épanche
Grenoble, la jolie, au devant de nos pas.

La ville de Bayard a des fleurs pour les femmes,
    Pour les savants, de fiers travaux ;
Pour les esprits d'élite, elle a de grandes âmes,
    Et des lauriers pour les héros !

L'ouvrière qui n'a souvent sur sa fenêtre
Qu'un petit pot de fleurs, violette ou jasmin,
Souffre dans la semaine et languit de renaître
Dans un jardin béni, poétique chemin.
Jeunes filles, venez ! arrivez, fleurs nouvelles,
Retrempez-vous ici, dans l'arome des fleurs ;
Abeilles du travail, vous reprendrez des ailes,
Un teint de rose au moins, ouvrières, mes sœurs !

La ville de Bayard a des fleurs pour les femmes,
  Pour les savants, de fiers travaux ;
Pour les esprits d'élite elle a de grandes âmes,
  Et des lauriers pour les héros !

Le jeune étudiant que *Cujas* endoctrine,
Le poète au regard si pensif et si beau,
Ont leur front moins brûlant, ainsi que leur poitrine,
Sous cet air rafraîchi par les fleurs, les jets d'eau.
L'enfant prend ses ébats, plus gracieux encore,
Dans ces Edens choisis pour son jeune bonheur;
Et les parents sont là, surveillant cette aurore,
Jouissant d'un spectacle où rit la part du cœur.

La ville de Bayard a des fleurs pour les femmes,
  Pour les savants, de fiers travaux ;
Pour les esprits d'élite elle a de grandes âmes,
  Et des lauriers pour les héros !

Une main d'érudit forme tous ces méandres,
Dirige ces contours, embellit ces massifs,
Rend plus verts ces gazons, ces nuances plus tendres,
Met aux calices d'or des rayons bien plus vifs.

10*

Verlot sait varier de suaves guirlandes ;
Avec amour il voit s'entr'ouvrir maintes fleurs ;
Il fait à la cité tant d'agrestes offrandes !
On pourrait le nommer roi des horticulteurs.

La ville de Bayard a des fleurs pour les femmes,
    Pour les savants, de fiers travaux ;
Pour les esprits d'élite elle a de grandes âmes,
    Et des lauriers pour les héros !

Un contraste charmant, c'est de voir la Bastille
Et les forts grenoblois dominer tant de fleurs,
Et tant de fleurs aussi, de leur grâce gentille,
Orner cette cité pleine d'attraits vainqueurs.
Parmi ces fleurs, Madame, il faut nommer *Louise*,
Ecrivain de talent, esprit si dauphinois,
Dont tous les connaisseurs aiment la plume exquise
Et dont le charme est fin et solide à la fois !

La ville de Bayard a des fleurs pour les femmes,
    Pour les savants, de fiers travaux ;
Pour les esprits d'élite elle a de grandes âmes,
    Et des lauriers pour les héros !

L'AMIE D'ANDRÉ CHÉNIER

—

I

Elle allait et venait au pied de l'échafaud,
Cherchant la trace encor de ce sang presque chaud,
De ce sang de martyr, de ce sang de poète
Qui coula d'une noble et rayonnante tête !...
C'était sa fiancée, une enfant qui charmait,
Blonde avec des yeux noirs, comme André les aimait,
Et belle ! belle ainsi qu'une blanche Madone.
Pauvre ange ! au désespoir son âme s'abandonne ;
Le matin, on avait immolé son ami !
Le soir était venu, se voilant à demi,
Louise avait quitté sa maison d'orpheline ;
Un manteau, dont la brune et longue pèlerine
La couvrait de ses plis, dissimulait l'aspect
De l'être gracieux entouré de respect
Que chacun saluait toujours sur son passage,
Fleur au parfum suave et vierge au frais visage,

Mais pâle en ce moment, si pâle sous son deuil,

Qu'elle semblait aller tout droit vers le cercueil.

Elle s'agenouilla bientôt sur une pierre,

La lune lui donnait sa plus douce lumière,

Et ses beaux yeux, levés vers le Juge divin,

Dans leur grande douleur ne priaient point en vain.

— Ah! laissez-moi mourir à mon tour, disait-elle;

Je veux revoir André, mon fiancé m'appelle! —

Puis, s'asseyant, brisée, elle fit un retour

Vers le passé charmant de leur si noble amour:

— Oh! le bonheur, mon Dieu! comme il m'eût transformée!

J'eusse été sa compagne et sa sœur bien-aimée,

Sa femme, son amante aussi tout à la fois;

Vivre près de son cœur aux doux sons de sa voix,

Vivre de mon amour, de son amour sans cesse,

Pour lui me dévouer avec une tendresse

Que rien n'eût égalée, en cherchant dans ses yeux

Tous ses moindres désirs et le bonheur des cieux,

Tel eût été mon sort! Ah! je souffre et je pleure.

Pouvoir le contempler, l'adorer à toute heure,

Ce suprême bonheur n'était pas fait pour moi,

Car je naquis, hélas! sous une amère loi:

Mon étoile d'enfant m'apportait un martyre ;

Mais n'ai-je donc pas eu son radieux sourire,

Ses rêves d'avenir, les élans de son cœur,

Me plaisant encor plus que son esprit vainqueur ?

Ah ! répéter son nom que j'honore et que j'aime.

Oui, ce nom est gravé dans mon âme elle-même,

Et je le redirai lorsque viendra la mort

En emportant là-haut ce sentiment si fort ! —

Comme elle sanglotait, cette pauvre chère âme !

Les cruels ! ils avaient broyé son cœur de femme ;

Son printemps se courbait sous le vent du malheur;

Il ne lui restait plus qu'une immense douleur !

II

Tout à coup, quelle voix dans son rêve l'arrête ?

— Que faites-vous ici ? vous jouez votre tête !

— Plût à Dieu ! dit l'enfant; j'irais rejoindre André!

— Fuyez !

      — Non, non ; je reste et demain je mourrai !

— Vous voulez l'échafaud à votre âge, imprudente !

— C'est le chemin du ciel, le même sort me tente.

— Ah ! vous l'aimiez donc bien, celui que vous pleurez ?

— Si je l'aimais !.. adieu !

                  — Pauvre enfant, demeurez,
Je vais vous protéger. —

                  La lune étincelante
Eclairait le beau front qui sortait de la mante,
Et les cheveux d'or pur et les yeux de velours,
Que l'inconnu voyait, les regardant toujours ;
Il était beau lui-même et de fière stature.

— Ne craignez rien, dit-il, ô noble créature !
Car je vous reconnais et suis à vos genoux ;
Je savais votre nom que je trouvais si doux ;
C'est donc vous l'admirable et touchante orpheline !
Avec tant de respect devant vous je m'incline :
Vous avez un ami pour soutien désormais ;
Parfois je vous ai vue, enfant, je vous aimais ...
— Chut ! je n'aime que *lui*, que sa douce mémoire,
Et j'ai soif de la mort comme d'une victoire,
Où l'on couronnera notre fidèle amour,
Et de l'hymen sacré demain sera le jour,
Le bien-aimé m'attend !..

                  —Mais si jeune et si belle !
— Est-ce trop pour André, pour sa flamme éternelle !

Est-ce trop de mourir pour l'ami de son cœur?
D'un bienheureux trépas mon âme n'a point peur;
Louise ne vit plus sur cette pauvre terre :
Il lui faut de la mort le consolant mystère.
On la trouvera bien se lamentant ici,
Et demandant vengeance, et leur disant merci,
S'ils mènent en prison celle qui ne désire
Que de voir terminer son destin de martyre !

— Enfant, vous eussiez pu retrouver le bonheur,
Venez près de ma mère et de ma jeune sœur;
Je suis Christian de M., venez dans ma famille,
Notre mère est si bonne et vous serez sa fille,
Je réponds de son cœur, de tout son dévoûment,
Venez au nom du ciel !..
                                        — Ce n'est pas le moment
De vivre et de sourire encore à l'existence;
André n'est plus, Monsieur !..
                                        — Mais à votre constance
Aucun empêchement ne pourra survenir,
Vous deviendrez ma sœur !
                                        — Oh ! laissez donc venir
Cette mort que j'appelle ... Elle est pour moi l'aurore
Qui doit rendre Louise à celui qu'elle adore !

— Il ne faut pas tenter la mort, ma pauvre enfant !

— Je n'y tiens plus !... voyez, le ciel est triomphant !

Il veut s'ouvrir pour moi. Regardez ces étoiles ;

Ce sont des yeux charmants qui me disent sans voiles :

André t'attend, Louise, et tu dois espérer !

Que vois-je ? vous Monsieur, vous, un homme pleurer !

— Oui, je pleure sur vous, sur votre sort funeste !

— Réfléchissez ; la mort est tout ce qui me reste ;

Car mon cœur est là-haut près de mon seul amour !

Allons, courage, allons ; bientôt viendra le jour ;

L'on pourra m'arrêter ici sur cette pierre,

Et vous, obéissez, Monsieur, à ma prière ;

Pensez à votre mère, elle attend, sauvez-vous !

— Partager votre mort, enfant, me serait doux !

— Non, Christian, vous pouvez conserver l'espérance

De consacrer vos bras à notre pauvre France.

Volez à la frontière et mourez en héros,

Ou vivez pour la gloire en de nobles travaux !

Lorsque vous défendrez notre chère patrie,

Vous sentirez, au moins, qu'éprouvée et meurtrie,

Elle peut s'appuyer sur vous, sur ses soldats,

Et vous la bénirez au plus fort des combats.

Christian baisa soudain le manteau de Louise ;

La vaillance déjà, son cœur l'avait apprise

Devant les vieux portraits de ses nobles aïeux,

Pour lesquels le jeune homme avait un soin pieux ;

Mais entendre, ce soir, une voix angélique,

La voix aimée, hélas ! douce et patriotique,

Lui tenir vivement ce langage inspiré,

Qu'un triste et froid sceptique eût lui-même admiré,

C'était trop pour cette âme ardente, magnanime ;

Et Christian fut marqué pour un trépas sublime.

III

L'aube rose, à regret, semblait quitter les cieux ;

Elle hésitait peut-être à venir en ces lieux,

Pour annoncer encore un jour néfaste et sombre,

Comme ceux dont, Seigneur, on ignorait le nombre.

Enfin, de ses clartés, elle vint inonder

La tête de Louise, un type à regarder,

Tant elle était jolie avec son auréole !

Beauté, charme divin de l'ange et de l'idole,

Tu vas bientôt pâlir sous la main d'un bourreau ;

La mort te cueillera dans ton attrait nouveau ;

Rose la plus charmante et la plus adorée,

Tu veux mourir d'amour, et ta mort est sacrée !

Mais, Christian éperdu, d'un geste qui défend,
Suppliait, conjurait la malheureuse enfant
D'éviter le péril ; il lui demandait grâce,
Grâce pour elle-même.

               — Oh ! quittez cette place,
Disait-il, et suivez un frère dévoué !
Pardonnez-lui de vous avoir tout avoué ;
Mais je serai soldat demain, je vous le jure !
Christian veut mériter votre amitié si pure !
— Alors, mon frère, alors, gardez votre serment,
Et pour notre pays mourez par dévoûment !
— Cher ange, sur mon front que votre main se pose,
Armez-moi chevalier !... O Louise, je n'ose,
Mais j'implore de vous un fraternel baiser !
— Le baiser des mourants, puis-je le refuser ?
Et sur les noirs cheveux du beau jeune homme pâle,
Emue, elle appuya sa lèvre virginale.
— C'est l'heure du départ, c'est l'heure des adieux ;
Eloignez-vous, Christian !

               — Je vous suivrai des yeux !
— Soldat, à votre poste ! on meurt à la frontière !
Dit Louise, en prenant une attitude fière.
Et Christian répondit, apprenant à souffrir !
— On meurt, amie, on meurt, et je saurai mourir !

IV

Des hordes arrivaient sur la sinistre place,

Hurlant un chant de mort dont le refrain vous glace,

Entourant l'échafaud comme on fait d'un autel ;

Dans les siècles jamais l'on ne vit rien de tel,

Si bien qu'en frissonnant, et l'âme consternée,

Louise recula... mais la bande avinée,

Dans ses sauvages bonds, no put l'apercevoir

Et passa, comme passe un long nuage noir.

Deux traîtres seulement virent la jeune fille,

Deux démons sans pitié, sans foyer, sans famille,

Et, s'élançant vers elle, ils dirent :

        — Qu'as-tu donc ?

Que fais-tu, citoyenne ?..

      Et le doux ange blond

Répondit noblement :

       — J'attends la mort que j'aime !

Oui, je veux l'échafaud aujourd'hui, ce soir même ;

Royaliste toujours, je demande la mort !

— Eh bien ! tu peux mourir, crièrent-ils bien fort,

Nous allons de ce pas te dénoncer, ma belle,

Tu n'échapperas point, membre d'une séquelle

Que l'on veut abolir !..

               Jamais la douce enfant
N'avait, de son accent sonore et triomphant,
Fait autant de ce que l'on nomme *politique*,
Mais, lorsqu'on veut mourir ardemment, l'on s'applique
A chercher des motifs pour courir au tombeau ;
Ce cœur désespéré ne voyait rien de beau
Comme d'aller rejoindre une âme bien-aimée :
Par ce chaste désir Louise consumée
Déjà n'habitait plus que les parvis des cieux ;
Sans cesse vers André se levaient ses beaux yeux,
Et l'amour jaillissait de ce regard limpide.

— Puisque de l'échafaud tu te montres avide,
Sois tranquille, bientôt tu goûteras son miel, —
Dirent les mécréants, pleins de rage et de fiel.
— Je veux mourir !

               — Meurs donc ! fit un tigre en démence,
Et d'un coup de poignard il brise l'existence
De l'ange qu'appelaient les anges de là-haut.

. . . .

Christian arrive alors, l'œil en feu, le front haut,
Brandissant son épée : il vient pour la défendre.
Hélas ! la douce voix ne se fait plus entendre...

Mais les lâches ont fui, redoutant le combat,
La jaclance finit toujours lorsqu'on se bat...
Ils ont fui...

       Dans ses bras prenant la jeune morte,
Christian avec respect chez sa mère l'emporte.

V

Reprends ta lyre, André, chante en un si beau jour :
L'amour ne peut périr quand c'est un noble amour !
O Barde, sois heureux ! voici ta fiancée ;
Tu vas continuer une chère pensée ;
Car l'union des cœurs se consacre si bien
Au ciel où tout rayonne, où l'on a pour lien
Le bonheur immuable en sa plus pure essence,
Et l'immortel amour dans son ardeur immense.

. . . .

Revenons au pays des sanglantes douleurs,
Au pays trois fois cher, baigné de tant de pleurs.
Ah ! l'on combat toujours ; car la France est la France !
Comme pour la venger de sa longue souffrance,
Des héros se sont faits, et devant l'étranger,
Depuis vingt mois, Christian adore le danger.
Ses soldats l'ont nommé : le Lion des batailles ;
Par ses soins, l'ennemi voit tant de funérailles !

11*

Regardez si le feu le rend altier et grand !
Le feu qu'il convoitait jamais ne le surprend ;
Le feu retentissant augmente en lui la vie,
C'est-à-dire l'espoir, la glorieuse envie
De mourir pour deux noms de son âme adorés,
Pour de chers souvenirs que ses yeux ont pleurés,
Pour ces deux noms si doux de Louise et de France !
Quand gronde le canon, le jeune homme s'élance,
Il est transfiguré, ce soldat radieux.
Ah ! comme en le voyant seraient fiers ses aïeux !
Deux drapeaux enlevés par sa main héroïque,
Des actions d'éclat dignes d'un homme antique,
L'ont fait acclamer brave au milieu des combats.
La gloire désormais s'attache à tous ses pas.

Quand soudain... son grand cœur est percé d'une balle ;
Un sourire a glissé sur son visage pâle...
Il meurt en triomphant... ô moment attendu !
Il meurt près du drapeau qu'il a bien défendu !

LE VIEUX SULLY

—

Quelque part, dans un cimetière,
Il est un grand vieil arbre ombreux ;
Sous ce beau *Sully* vigoureux,
L'ange des morts fait sa prière.

D'autres ont rêvé, pour leur bière,
Le saule vert des amoureux,
Epandant, comme des cheveux,
Ses longs jets qui couvrent la terre.

Moi, je voudrais au pied des monts,
Des fiers rochers que nous aimons,
Dormir un jour sous l'arbre antique ;

Car l'oiseau que j'aime y viendrait,
Il y viendrait mélancolique,
Et mon âme lui sourirait !

~~~~~~

LA MORT DE BRIZEUX

DANS LE MIDI

—

Voyez sous ce beau ciel, ce ciel d'azur intense,
Le cortége sacré des muses accourir ;
Voyez tous ces regards remplis d'un deuil immense ;
Ecoutez ces soupirs rompant l'amer silence :
C'est le Cygne breton, hélas ! qui va mourir !

Il va mourir, ton barde, ô terre d'Armorique,
Bien loin de l'Océan, des grèves qu'il aimait ;
Il va mourir, le Celte au langage magique,
Et tu ne verras plus, toi, sa patrie antique,
Le chanteur doux et fier dont la voix te charmait.
Pâle, il était venu demander une aumône,
Une aumône d'air pur et de brillant soleil
A ce pays d'amour, à l'haleine si bonne,
Aux baisers caressants rendant un teint vermeil.
Mais il était trop tard, sa tombe était ouverte ;
Adieu, ton noble fils ! tu n'auras qu'un cercueil,

O Bretagne ! qui peut t'adoucir cette perte !
Son luth te restera, son luth, ton cher orgueil !

Voyez sous ce beau ciel, ce ciel d'azur intense,
Le cortége sacré des Muses accourir ;
Voyez tous ces regards remplis d'un deuil immense ;
Ecoutez ces soupirs rompant l'amer silence :
C'est le Cygne breton, hélas ! qui va mourir !

Laissez entrer la brise ! il est poète encore,
Et poète toujours, et poète à jamais !
Son âme ne meurt point ; elle verra l'aurore
Se lever radieuse, et l'astre qui la dore
Versera ses rayons de bonheur et de paix .
Mais il ne verra plus la bruyère natale,
Les courtils pleins de fleurs et *Marie* aux grands yeux !
Marie, ô chaste idole ! ah ! quelle heure fatale
Brise déjà son sort, ses rêves gracieux !
Marie, ô frais poème, ô belle rose blanche,
Fleur d'or, vous ornerez son glorieux linceul ;
De votre pur calice un doux parfum s'épanche ;
Pour embaumer Brizeux, il suffirait tout seul !

Voyez sous ce beau ciel, ce ciel d'azur intense,
Le cortége sacré des Muses accourir ;

Voyez tous ces regards remplis d'un deuil immense ;
Ecoutez ces soupirs rompant l'amer silence :
C'est le Cygne breton, hélas ! qui va mourir !

Il avait la voix mâle aussi, la voix d'un barde,
Ses *Bretons* ont l'accent viril et généreux.
Et c'est un monument de granit qui regarde
Ce pays adoré qu'il prenait sous sa garde,
Le célébrant toujours en hymnes vigoureux.
Gloire à lui, dont le luth tendre et patriotique
Retraça la Bretagne en de chaudes couleurs !
Gloire à ce noble esprit un peu mélancolique
Dont la Muse souvent apaisa les douleurs !
Bercé par elle, il sut admirer les falaises,
Les menhirs, les genêts couvrant les vieux dolmens,
Les coutumes, les jeux, les bois remplis de fraises,
Et les beaux fiancés causant dans les chemins.

Voyez sous ce beau ciel, ce ciel d'azur intense,
Le cortége sacré des Muses accourir ;
Voyez tous ces regards remplis d'un deuil immense ;
Ecoutez ces soupirs rompant l'amer silence :
C'est le Cygne breton, hélas ! qui va mourir !

On vous aime, ô Brizeux, sur le sol des Félibres,
Et vous, vous les aimez et vous mourrez chez eux !
Breton et Provençaux, indépendants et libres,
Le même feu divin faisant vibrer vos fibres,
Le même art rayonnant sait vous rendre amoureux,
Amoureux d'idéal, de charmante harmonie,
De ce ravissement qui fait l'être inspiré,
Amoureux des pensers que donne le génie,
Amoureux de l'extase en champ inexploré!
Vous mourrez, ô trouvère, au pays de la gloire;
Votre chère *Marie* aura dans l'avenir
Pour compagne *Mireille* à l'adorable histoire ;
Le Midi gardera votre doux souvenir.

Voyez sous ce beau ciel, ce ciel d'azur intense,
Le cortége sacré des Muses accourir ;
Voyez tous ces regards remplis d'un deuil immense ;
Ecoutez ces soupirs rompant l'amer silence :
C'est le Cygne breton, hélas ! qui va mourir !

Sur ce cercueil on voit deux provinces se tendre
Leurs fraternelles mains que cette mort unit,
L'accent de Gael se joint à cet accent plus tendre
Qui, perlé, se murmure, et que l'on aime entendre

Dans ce pays joyeux que le soleil bénit !
Les noms sont confondus et ces deux nobles terres
Disent : Brizeux nous laisse un lien en partant,
Et nos fiers troubadours, hommes à caractères,
Animés par son âme iront toujours chantant ;
Ils iront vers la grande et large poésie,
S'abreuver mille fois dans les splendeurs du jour,
Ils iront saluer cette reine choisie
Qui répand sur leurs luths l'harmonie et l'amour !

Voyez sous ce beau ciel, ce ciel d'azur intense,
Le cortége sacré des Muses accourir ;
Voyez tous ces regards remplis d'un deuil immense ;
Ecoutez ces soupirs rompant l'amer silence :
C'est le Cygne breton, hélas ! qui va mourir !

LES DERNIÈRES FLEURS DE MARTHE

—

Je veux qu'un jour ces fleurs soient mises dans ma bière ;
Mon cœur pourrait revivre à leur contact si doux !
C'est une illusion dont ce cœur est jaloux ;
Mais je dormirais mieux dans notre cimetière,
Et moins pesante aussi serait la froide pierre,
Si j'avais ce bouquet placé tout près de moi ;
Exaucez donc un vœu de tendresse et de foi !

En attendant, de baisers je les couvre,
Et leur aspect sèche mes pleurs !
Ah ! que bientôt ma tombe s'ouvre !
N'y trouverai-je pas ces fleurs ?
Mourir, c'est mon désir suprême,
C'est le plus ravissant espoir !
Si je mourais pour *Lui* que j'aime,
Que ma vie aurait un beau soir !

Oh ! ces fleurs, voyez-vous, sa main les a cueillies ;
Naguère, elles buvaient l'air pur de son jardin,

12

Recevant ses rayons comme ceux du matin,
Heureuses d'être là, brillantes, recueillies,
Et par sa douce voix gentiment accueillies.
Sa glorieuse main voulut me les offrir ;
O chères fleurs, pour *Lui* que ne puis-je mourir !

En attendant, de baisers je les couvre,
Et leur aspect sèche mes pleurs !
Ah ! que bientôt ma tombe s'ouvre !
N'y trouverai-je pas ces fleurs ?
Mourir, c'est mon désir suprême,
C'est le plus ravissant espoir !
Si je mourais pour *Lui* que j'aime,
Que ma vie aurait un beau soir !

Oui, son souffle a passé sur ces fleurs, noble haleine,
Que leur faut-il de plus pour se faire adorer ?
Comme son souvenir a su les consacrer !
D'ineffable bonté cette grande âme est pleine !
Brise plus douce encor que celle de la plaine,
Son délicat parfum sur ces fleurs est resté,
Suave odeur disant : Génie et loyauté !

En attendant, de baisers je les couvre,
Et leur aspect sèche mes pleurs !

Ah ! que bientôt ma tombe s'ouvre!
N'y trouverai-je pas ces fleurs ?
Mourir, c'est mon désir suprême,
C'est le plus ravissant espoir !
Si je mourais pour *Lui* que j'aime,
Que ma vie aurait un beau soir !

Son nom, d'un pur éclat, brille sur ces fleurettes,
Venant les entourer d'un prestige enchanteur;
Chacune le redit comme un oiseau chanteur,
Mystère harmonieux, hymne des blondes fêtes !
C'est le limpide accent qu'écoutent les poètes,
Le langage de l'âme, aux sons délicieux,
Murmure cristallin, écho perlé des cieux !

En attendant, de baisers je les couvre,
Et leur aspect sèche mes pleurs !
Ah ! que bientôt ma tombe s'ouvre !
N'y trouverai-je pas ces fleurs ?
Mourir, c'est mon désir suprême,
C'est le plus ravissant espoir !
Si je mourais pour *Lui* que j'aime,
Que ma vie aurait un beau soir !

Ce sont d'aimables fleurs, des œillets et des roses,
Dans ce coffret charmant elles prennent le cœur :
Il devient prisonnier sous leur attrait vainqueur ;
Leur arome est d'autant plus vif qu'elles sont closes.
Plus chères que des fleurs nouvellement écloses,
Mignonnes, reposez sur ce beau velours bleu,
Jusqu'à l'heure bénie où m'appellera Dieu !

En attendant, de baisers je les couvre,
Et leur aspect sèche mes pleurs !
Ah ! que bientôt ma tombe s'ouvre !
N'y trouverai-je pas ces fleurs ?
Mourir, c'est mon désir suprême,
C'est le plus ravissant espoir !
Si je mourais pour *Lui* que j'aime,
Que ma vie aurait un beau soir !

LA CROIX DE BOIS

—

Je voudrais les glaçons qu'apporte le trépas,
La pâleur du linceul, les frissons de la tombe,
Et le bruit de la terre, alors qu'elle retombe
Sur la bière... Croit-on que l'âme n'entend pas ?

Mais je voudrais aussi que l'on mît dans la mousse
Une croix simple et brune, une humble croix de bois,
Sur laquelle un oiseau se poserait parfois,
Pour venir gazouiller de sa voix la plus douce.

Ils me devront cela, je les ai tant aimés,
Les oiseaux ! chers bijoux, gracieux et mobiles,
Tout en les jalousant pour leurs ailes agiles,
Ils prenaient leurs ébats sous mes regards charmés.

Donc, sur ma tombe un jour tu me seras fidèle,
Fauvette, toi surtout ; je savais t'écouter,
Petite favorite : il faudra m'enchanter,
Pour bercer tendrement l'infortunée Adèle.

12*

Car, morte, je voudrai des oiseaux et des fleurs,
Du soleil, de l'air pur, une fraîche harmonie !
Dormir, ô Dauphiné, sous ta terre bénie,
Avec la croix de bois pour oublier mes pleurs !

Eh ! serai-je moins bien n'ayant que la richesse
De la petite croix moussue et chère encor ?
Mon âme prendra-t-elle un moins rapide essor,
Pour n'avoir qu'elle enfin et toujours et sans cesse ?

Une âme de poète... elle peut se passer
D'un altier monument : il lui reste sa lyre ;
Dans l'amour du pays, elle cherche un sourire ;
Du tertre de gazon elle sait s'élancer !

Elle monte, enivrée, ainsi que l'alouette,
Buvant dans l'éther bleu l'or divin du soleil ;
C'est doux de se plonger en l'Infini vermeil !
Cet immense bonheur plairait à la pauvrette.

L'oiselle est donc blessée et ne peut pas guérir ;
Voyez près de son cœur cette trace cruelle ;
Quel baume délicat mettrez-vous sous son aile ?
Pour savourer la vie il lui faudrait mourir !

On chante encor là-haut ; on est toujours poète,
Et l'être qu'on aimait on peut l'y retrouver.
Son noble souvenir me fera tant rêver !
Lui ! son nom prononcé m'est un accent de fête.

Ah ! jusques à la mort, jusqu'après le trépas,
Oui, par delà les cieux j'aimerai sa grande âme ;
Je m'ensevelirai dans cette pure flamme,
Pour le revoir un jour et plus cher et plus beau !

Salut, petite croix, humble, douce, modeste !
Je t'aime et te vénère, en pensant à mon sort ;
Ton aspect consolant me fait bénir la mort,
Et ta simplicité me semble un don céleste !

LA CHANTEUSE

—

Je sais un titre cher qui m'est un doux sourire,
Une aimable harmonie, un ravissant trésor,
Un rayon imprégné de tout l'éclat de l'or;
Aussi, je le murmure aujourd'hui sur ma lyre.

Puisqu'il m'est précieux, — pourquoi ne pas le dire ? —
Plus que d'ardents bravos au fier Toréador,
Bien plus que ce Pérou que l'on envie encor,
Puisqu'il est ma richesse... oh ! je puis bien l'écrire.

Je le répète donc avec naïveté,
Le voici, dans sa simple et charmante beauté,
Oui, tel qu'il a su plaire à la pauvre fauvette.

Ah ! pour l'avoir aimé du profond de mon cœur,
Et pour l'avoir chanté, comme on chante un vainqueur,
Mon agreste pays me nomme son poète !

TABLE

FIN

Bar-le-Duc. — Typographie BERTRAND, rue de la Banque, 36.

OUVRAGES DU MÊME AUTEUR

Denise de Romans et Guillaume des Autelz. — 1 vol. in-18 jésus, papier vergé.

Branches de Lilas (Poésies). — 1 vol. in-18 carré, caractères elzéviriens.

Les Roses du Dauphiné (Poésies). — 1 vol. in-18 jésus, caractères elzéviriens.

BAR-LE-DUC. — TYP. DES CÉLESTINS — BERTRAND

www.ingramcontent.com/pod-product-compliance
Lightning Source LLC
Chambersburg PA
CBHW071232260626

47162CB00004B/1530